LE JOUR CIVIL

ET

LES MODES DE COMPUTATION DES DÉLAIS LÉGAUX

EN GAULE ET EN FRANCE,

DEPUIS L'ANTIQUITÉ JUSQU'À NOS JOURS,

PAR M. DELOCHE.

EXTRAIT

DES MÉMOIRES DE L'ACADÉMIE DES INSCRIPTIONS ET BELLES LETTRES,

TOME XXXII, 2e PARTIE.

PARIS.

IMPRIMERIE NATIONALE.

LIBRAIRIE C. KLINCKSIECK, RUE DE LILLE, 11.

M DCCC XCI.

LE JOUR CIVIL

ET

LES MODES DE COMPUTATION DES DÉLAIS LÉGAUX

EN GAULE ET EN FRANCE,

DEPUIS L'ANTIQUITÉ JUSQU'À NOS JOURS.

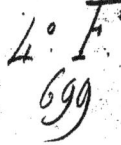

LE JOUR CIVIL

ET

LES MODES DE COMPUTATION DES DÉLAIS LÉGAUX

EN GAULE ET EN FRANCE,

DEPUIS L'ANTIQUITÉ JUSQU'À NOS JOURS,

PAR M. DELOCHE.

EXTRAIT

DES MÉMOIRES DE L'ACADÉMIE DES INSCRIPTIONS ET BELLES-LETTRES,

TOME XXXII, 2ᵉ PARTIE.

PARIS.

IMPRIMERIE NATIONALE.

M DCCC XCI.

LE JOUR CIVIL

ET

LES MODES DE COMPUTATION DES DÉLAIS LÉGAUX

EN GAULE ET EN FRANCE,

DEPUIS L'ANTIQUITÉ JUSQU'À NOS JOURS.

CHAPITRE PREMIER.

NOTIONS GÉNÉRALES. — OBJET DU MÉMOIRE. — DISTINCTION DE SEPT PÉRIODES HISTORIQUES CORRESPONDANT AUX DIVERSES PHASES DU *JOUR CIVIL*.

Le mot *jour,* traduction du *dies* des Latins et du Ἡμέρα des Grecs, a deux significations différentes. Dans l'ordre naturel, il exprime la partie du temps de la révolution quotidienne de la terre, qui s'écoule entre le lever et le coucher du soleil; celle que Censorinus, dans son livre *De die natali,* composé en 258, appelait *dies naturalis*[1], par opposition au jour qu'il nommait, après Pline[2], *dies civilis,* le *jour civil.* Celui-ci comprenait toute la durée de la révolution quotidienne de la terre, les heures

---

[1] « Naturalis dies est tempus ab ex-oriente sole ad solis occasum, cujus contrarium tempus est nox ab occasu solis ad exortum. » (Cap. XXIII, édit. de Otto Jahn, Berlin, 1845, p. 68.)

[2] « Sacerdotes Romani et qui *diem* finiere civilem. » (Plin. Sec. *Hist. nat.*, II, 77 (79); édit. de Lud. Janus, collect. Teubner, t. I, p. 107.) Pline est mort en l'an 79 de l'ère chrétienne.

lumineuses comme les heures de ténèbres, c'est-à-dire un jour entier de vingt-quatre heures [1].

Le moment où commence le *jour civil* est important à fixer, car il sert à déterminer le point de départ et le nombre des espaces de temps, et à calculer les délais réglés, soit par a loi, soit par des jugements, soit par des conventions, ou bien simplement dans les relations ordinaires de la vie.

Ce point de départ du *jour civil* diffère beaucoup dans l'histoire, suivant les peuples et suivant les époques, et, à cet égard, on constate qu'il y a eu en usage quatre systèmes principaux, que nous allons indiquer dans l'ordre où nous les trouvons mentionnés par Pline, dont Censorinus a reproduit le texte presque intégralement.

Les Babyloniens plaçaient le jour entre deux levers du soleil [2]; de même les Macédoniens et les Grecs à partir de l'époque hellénistique [3].

Les Athéniens, avant ladite époque et à partir des temps homériques [4], les Hébreux [5], les Scandinaves [6], les Gaulois [7],

[1] « Civilis autem dies vocatur tempus quod fit uno caeli circumactu, quo dies verus et nox continetur, ut cum dicimus aliquem dies XXX tantum vixisse, relinquitur enim etiam noctes intelligere. » (Censorinus, *loc. cit.*, p. 70.)

[2] « Ipsum diem alii aliter observavere. Babylonii inter duos solis exortus. » (Pline, *loc. cit.*) — « Babylonii quidem a solis exortu ad exortum ejusdem astri diem statuerunt. » (Censorinus, *loc. cit.*)

[3] Ideler, *Handbuch der Chronologie*, t. I, p. 81; cité par M. Salomon Reinach, dans un excellent article du *Dictionnaire des antiquités grecques et romaines*, rédigé sous la direction de M. Ch. Daremberg et de notre savant confrère M. Edm. Saglio, t. III, p. 169.

[4] « Athenienses inter duos occasus (solis). » (Pline, *ubi supra*.) — « Athenienses autem ab occasu solis ad occasum. » (Censorinus, *ibid.*)

[5] Ideler, *ubi supra*, p. 80.

[6] J. Grimm, *Deutsche Mythologie*, 2ᵉ éd., p. 42-44.

[7] César, *De bello Gallico*, VI, 18; édit. Bernard Dinter, dans la collection Teubner, p. 114. Nous en donnerons le texte plus bas.

les Germains[1], et, en général, les peuples aryens primitifs[2], faisaient commencer le *jour civil* au coucher du soleil, le faisaient finir au coucher du soleil suivant, et comptaient *par nuits*.

Les Ombriens comptaient de midi à midi[3].

Les Romains et les Égyptiens, de minuit à minuit[4].

Ces deux derniers systèmes avaient, on le voit, une base invariable, tandis que, dans les deux précédents, le commencement du jour civil changeait suivant les saisons, c'est-à-dire suivant la position de la terre par rapport au soleil.

Je me propose, dans le présent mémoire, d'étudier les variations que le *jour civil* (le *dies civilis* de Pline et de Censorinus) a subies en Gaule et en France, depuis les âges les plus reculés jusque dans les temps modernes.

Déjà, à propos de recherches sur *la Procession de la Lunade et les feux de la Saint-Jean à Tulle en bas Limousin*[5], j'ai indiqué sommairement les changements survenus à cet égard dans notre pays.

Mais, n'ayant alors à toucher ce sujet que d'une façon incidente, j'ai dû me borner à en présenter les lignes principales, me réservant de le traiter à part, avec les développements qu'il comporte et les justifications qu'il exige. Ces développe-

---

[1] Tacite, *De morib. German.*, xi; œuvres de Tacite, collect. Teubner, t. II, p. 192. On trouvera le texte plus bas.

[2] Pictet, *Les origines indo-européennes*, t. II, p. 588 et suiv. — Les Iraniens comptaient également par *nuits*, comme le prouve l'Avesta (*Avesta*, fargard ix, 135), cité par M. S. Reinach, dans l'article susmentionné, auquel nous avons emprunté une partie des notions générales résumées en cet endroit de notre mémoire.

[3] «Umbri a meridie ad meridiem.» (Pline, *ubi supra*, p. 107.) — «In Umbria,

plerique a meridie ad meridiem.» (Censorinus, *loc. cit.*)

[4] «Sacerdotes Romani et qui diem finiere civilem, item Aegyptii et Hipparchus, a media nocte in mediam.» (Pline, *loc. cit.*) — «Ceterum Romani a media nocte ad mediam noctem diem esse existimarunt.» (Censorinus, *ubi supra.*) — Nous donnerons plus bas d'autres textes touchant la numération du jour civil chez les Romains.

[5] Voir, dans le présent volume, p. 176-181.

ments et ces justifications sont ici d'autant plus nécessaires, que d'une part, il n'a été encore publié, à ma connaissance, aucun ouvrage spécial sur le *jour civil* dans la Gaule autonome, romaine ou du haut moyen âge, ni pour l'ancienne France, et que, d'autre part, j'aurai à signaler des faits nouveaux ou peu connus, et à rectifier quelques opinions mal fondées et pourtant généralement reçues, touchant le maintien du mode primitif de computation par nuits à l'époque féodale et monarchique jusqu'en 1789.

L'histoire du jour civil en Gaule se divise en sept périodes successives :

La première comprend les temps antérieurs à la conquête romaine et à l'organisation politique et administrative de la Gaule par l'empereur Auguste, laquelle eut lieu en l'an 27 avant Jésus-Christ.

La seconde embrasse la durée entière de la domination romaine à partir de ladite organisation (de l'an 27 av. J.-C. à l'an 476 de l'ère chrétienne).

La troisième s'étend de la chute de l'empire d'Occident à l'avènement de la dynastie carolingienne (476-752).

La quatrième période, partant de l'avènement des princes carolingiens (752), s'arrête à la deuxième moitié du xe siècle.

La cinquième va de cette dernière date au commencement du xiiie siècle (950-1200).

La sixième remplit le xiiie siècle et se prolonge jusqu'en 1315.

La septième période comprend les temps écoulés depuis 1315 jusqu'à nos jours.

-- Dans un chapitre final, nous donnerons un coup d'œil d'ensemble sur les faits exposés dans le présent mémoire, et nous ferons voir les coïncidences ou plus exactement les rapports d'effets aux causes, qui unissent les phases diverses du *jour civil* aux principaux événements de notre histoire.

CHAPITRE II.

ÉPOQUE ANTÉRIEURE À L'ORGANISATION DE LA DOMINATION ROMAINE EN GAULE, QUI EUT LIEU EN L'AN 27 AV. J.-C. — LES INTERVALLES DE TEMPS SONT COMPTÉS PAR NUITS.

César, dans ses *Commentaires* de la guerre des Gaules, s'exprime ainsi relativement à la manière dont on y mesurait le temps : « Les Gaulois, dit-il, prétendent être tous issus de *Dis pater* (le Jupiter infernal, Pluton ou dieu de la mort), et disent tenir cette tradition de leurs druides. Pour cette cause, ils mesurent les intervalles de tout temps (c'est-à-dire toute période) *non par le nombre de jours, mais par le nombre de nuits;* et ils marquent la date de naissance et les commencements des mois et des années de la vie, de façon que *le jour suit la nuit.* » — « Galli se omnes ab Dite patre prognatos prædicant, idque ab druidibus proditum dicunt. Ob eam causam, spatia omnis temporis *non numero dierum sed noctium* finiunt; dies natales et mensium et annorum initia sic observant, *ut noctem dies subsequatur* [1]. »

César a évidemment rattaché ce mode de calcul des intervalles de temps à la croyance des Gaulois en l'origine que, d'après leurs prêtres, ils tiraient du dieu de la mort. Les mots *ob eam causam* ne permettent aucun doute sur ce point.

---

[1] *De bello Gallico,* VI, 18; édit. Nipperdey, p. 302 ; édit. B. Dinter, collect. Teubner, p. 114.

Ce que nous savons de leurs plus anciennes traditions s'accorde d'ailleurs avec l'énonciation du conquérant de la Gaule, et les passages suivants du livre de notre savant confrère M. d'Arbois de Jubainville, sur le *cycle mythologique irlandais* et la *mythologie celtique*, nous en donnent l'explication :

« Les Fomoré sont les dieux de la mort, de la nuit et de l'orage, *le premier en date* des deux groupes divins entre lesquels se partagent les hommages de la race celtique. Les Tüatha Dé Danann, dieux de la vie, du jour et du soleil, constituent l'autre groupe, *le moins ancien des deux*, si nous en croyons le dogme des Celtes, car, suivant la théorie celtique, la nuit précède le jour[1]. »

Et plus bas :

« Dans la doctrine druidique, la mort précède la vie, la mort engendre la vie, et comme la mort est identique à la nuit, et la vie identique au jour, *la nuit précède et engendre le jour.* De même, dans le monde divin irlandais, les Fomoré, dieux de la nuit et de la mort, sont chronologiquement antérieurs aux Tüatha Dé Danann, dieux du jour et de la vie[2]. »

On voit que les dogmes et les légendes enseignés en Gaule par les druides étaient en conformité exacte avec la mythologie irlandaise. Mais cette mythologie et la doctrine druidique, qui semblent appartenir à une époque de leur histoire assez rapprochée de la conquête romaine, il faut sans doute les regarder comme dérivées d'une idée cosmogonique beaucoup plus ancienne. Cette idée, qui se trouve au berceau de la plupart des peuples primitifs, mettait les ténèbres à l'origine du monde. M. James Darmesteter, dans son beau livre intitulé : *Essais orientaux,* l'a nettement dégagée en ces termes :

« La formule simple, *la plus proche des origines,* posera, au

---

[1] In-8°, Paris, 1884, p. 103. — [2] *Ibid.*, p. 104.

début, la nuée, la nuée ténébreuse, c'est-à-dire *la nuit* et les eaux.

> « La nuit fut; enveloppé, au début,
> Tout cet univers n'était qu'une onde indistincte. »
>
> « (Rig Véda, 129, 3.)

« Cette formule du Rig Véda contenait, en germe, deux systèmes : 1° le monde naît des eaux; 2° *le monde naît de la nuit.*

« Nous verrons la Grèce développer l'un et l'autre[1]. »

Les peuples chez lesquels cette tradition cosmogonique était répandue croyaient que la nuit avait précédé le jour; et c'est pourquoi, d'autres groupes humains, ainsi que nous l'avons noté plus haut, mesuraient le temps de la même façon que les Gaulois. Telle était notamment la coutume des Hébreux[2] et des Germains. « Ce n'est point, dit Tacite, par le nombre de jours, comme nous le faisons, mais par le nombre de nuits, que les Germains comptent : ils ont établi cette règle, qui est observée de tous : la nuit semble précéder le jour. » « Nec dierum numero, ut nos, sed noctium computant; sic constituunt, sic condicunt : nox ducere diem videtur[3]. »

Si nous avons signalé spécialement, à cet endroit, l'usage des Juifs et des Germains, semblable à celui des Gaulois, c'est que nous le verrons passer des premiers dans une partie de la

---

[1] Chap. II, § 6, p. 142. Sur cette conception cosmogonique, M. S. Reinach, dans l'article mentionné plus haut (p. 69 et notes), a cité, outre le Rig Véda, le second verset de la Genèse, un passage des *Lois de Manou* (I, 5), et la *Théogonie* d'Hésiode, qui fait surgir du Chaos l'Érèbe et la Nuit. Notons encore que, suivant une tradition de la mythologie scandinave, la nuit, *nott*, donna naissance à *dagr*, le jour (J. Grimm, *Deutsche Mythologie*, p. 424).

[2] Ideler, *Handbuch der Chronologie*, t. I, p. 80.

[3] *De moribus Germaniae*, cap. XI, œuvres de Tacite, édition de C. Halm, dans la collection Teubner, t. II, p. 197.

liturgie chrétienne, où il se maintint sous la domination romaine, et que les seconds, à la suite des invasions des ve et vi[e] siècles, devaient le faire revivre sur notre territoire.

CHAPITRE III.

DEPUIS L'ORGANISATION DE LA DOMINATION ROMAINE EN GAULE (27 ANS AV. J.-C.) JUSQU'À LA CHUTE DE L'EMPIRE D'OCCIDENT (AN DU CHRIST 476).

§ Ier.

DU JOUR CIVIL DES ROMAINS, ALLANT DE MINUIT À MINUIT.

Durant les vingt-trois années qui suivirent immédiatement l'entière conquête de la Gaule par J. César[1], il est à présumer, et telle est l'opinion de tous les historiens, que les Gaulois continuèrent d'être régis par leurs anciennes lois pour ce qui ne pouvait faire obstacle à la domination politique du pays.

Mais il en fut sans doute autrement lorsque Auguste, dans le séjour qu'il y fit, au cours de l'année 27 avant l'ère chrétienne, eut organisé cette province en cités. On est généralement d'accord pour penser que les institutions et les lois romaines y furent, dès lors, graduellement mais assez promptement introduites.

En ce qui regarde le point de départ de la période diurne et le calcul des délais légaux ou des intervalles de temps quelconques, le régime des Romains différait entièrement de celui des Gaulois.

Leurs pontifes et ceux qui avaient défini le *jour civil* l'avaient

---

[1] César acheva la conquête de la Gaule l'an 703 de la fondation de Rome, 50 ans avant J.-C.

fait courir de minuit à minuit, comme les Égyptiens et Hipparque de Bithynie (premier tiers du IIᵉ siècle av. J.-C.), et ce système, que Pline [1] et Censorinus [2] nous montrent en vigueur au Iᵉʳ et au IIIᵉ siècle de l'ère chrétienne, était la règle constante dans l'ordre légal et devant les tribunaux, ainsi que l'atteste la loi 8 *De feriis et dilationibus* [3] empruntée au jurisconsulte Paul, lequel florissait au milieu du IIIᵉ siècle. La reproduction de cette loi par les compilateurs du Digeste et du Code de Justinien prouve qu'elle fut appliquée jusqu'à la fin dans les deux empires d'Occident et d'Orient.

Les délais légaux étaient invariablement déterminés par le nombre de *jours*, « dies », jamais par le nombre de *nuits*, « noctes », comme cela avait lieu chez les Gaulois et les Germains.. — Tacite (fin du Iᵉʳ siècle), dans un passage déjà cité, le dit expressément [4].

Tel était le régime légal au IIIᵉ siècle, d'après les écrits des célèbres jurisconsultes qui illustrèrent les règnes de Caracalla et d'Alexandre Sévère.

Nous allons en donner des exemples qui se rapportent, les uns à la procédure suivie au premier degré de juridiction, les autres aux délais de l'appel à une juridiction supérieure.

[1] « Ipsum diem alii aliter observavere... Sacerdotes Romani et qui diem finiere civilem, item Aegypti et Hipparchus a media nocte in mediam. » (*Hist. nat.*, III, 77 (79); collect. Teubner, t. I, p. 106.) Pline est mort l'an du Christ 79.

[2] « Ceterum Romani a media nocte ad mediam noctem diem esse existimarunt. » (*De die natali*, cap. XXIII.) — « Incipiam a nocte media, quod tempus principium et postremum est diei Romani. » (Cap. XXIV; édition de O. Jahn, Berlin, 1845, p. 70.) L'ouvrage de Censorinus a été composé en 258.

[3] « More Romano dies a media nocte incipit et sequentis noctis media parte finitur. » (*Dig.*, lib. II, tit. XIII.)

[4] *De morib. German.*, cap. XI; collect. Teubner, t. II, p. 197.

§ 2.

Au début d'une instance judiciaire, chacun des plaideurs, à la première comparution devant le magistrat, consignait en sa présence la *summa sacramenti*, ou fournissait caution pour le payement éventuel de cette somme[1]. Les plaideurs prenaient en même temps l'engagement de comparaître *à jour fixe* « perendie », ordinairement le *troisième jour*, « in diem tertium sive perendinum »[2], devant les décemvirs ou les centumvirs, ou de revenir devant le magistrat, qui, *le dixième ou le trentième jour*, leur donnait un juge, « postea vero reversis dabatur die x vel xxx judex »; et cela, ajoute Gaïus, se fait en vertu de la loi *Pinaria*, car, avant elle, le juge était invariablement donné *le trentième jour*, « ante eam autem legem, semper die xxx dabatur judex[3] ». Et plus loin : « Après que ce juge leur avait été donné, les parties désignaient *le jour, comperendinum diem*, où elles comparaîtraient devant lui[4]. »

§ 3.

La loi 5 au Digeste, *De appellationibus*, dispose que si l'appel

---

[1] La *summa sacramenti* était celle que, à l'issue du procès, la partie perdante devait abandonner au fisc.

[2] M. Val. Probus, « De juris (civilis) notarum significatione; 4, in legis actionibus »; dans Huschke, *Jurisprudentiæ antejustinianæ quæ supersunt*, Lipsiæ, 1867, p. 73.

[3] Gaii *Institut. juris civilis*, IV, 15. — Nous reproduisons la leçon adoptée par M. Th. Mommsen pour ce passage de Gaïus (*Chronolog.*, p. 252) et citée par Huschke, *ubi supra*, p. 267. Ce dernier a proposé de lire, à la place de « die x vel xxx », « non ante diem xxx »; et plus bas, au lieu de « semper die xxx dabatur », « nondum dabatur ». Mais il nous semble que, lus ainsi, les deux passages seraient difficiles à expliquer, et que les leçons de M. Mommsen sont à tous égards préférables.

[4] *Ubi supra.*

est fait de vive voix, immédiatement après la sentence, cette déclaration suffira. Dans le cas contraire, l'appel par écrit devra se produire dans un délai de deux ou trois jours[1]. Même disposition dans la loi 1 au titre *Quando appellandum sit et intra puæ tempora*[2].

D'après le jurisconsulte Paul (an 228), l'appelant devait demander au premier juge des *litteræ dimissoriæ* (lettres de renvoi de la cause au juge du deuxième degré), et les faire parvenir à celui-ci dans un délai de cinq jours, « continui *quinque dies* computentur »[3].

L'*interpretatio* qui accompagne le titre XXXIII des *Sentences* (an 506) prouve que les mêmes dispositions restaient en vigueur à cette époque[4].

---

[1] « Ad libellos appellatorios dandos, biduum vel triduum computandum. » (*Dig.*, lib. XLIX, tit. I, l. 5, § 4.) Cette disposition est empruntée au jurisconsulte Marcien (premier tiers du IIIe siècle).

[2] « Biduum vel triduum appellationis ex die sentenciæ latæ computandum » (*Dig.*, XLIX, tit. IV, l. 5, § 5 et seq.), disposition empruntée à Ulpien († 228). Le délai était de deux jours dans sa propre cause, et de trois dans les causes où l'appelant avait figuré comme mandataire ou tuteur. Voir les paragraphes 11, 12 et 13 de la loi précitée.

[3] Quand l'appelant ne demeurait pas au lieu où il avait fait appel, le délai était augmenté du temps nécessaire pour le voyage. « Igitur morans eo in loco ubi appellavit, cavere debet, ut ex die acceptarum litterarum continui *quinque dies* computentur. Si vero longius, salva dinumeratione, integri *quinque dies* cum *eo ipso*, quo litteras acceperit, computantur. » (J. Pauli Sén. *Injanea*, p. 531.)

tentiarum acceptarum lib. V, tit. XXXIII, § 1.) — Plus loin (titre XXXIV, § 1) nous lisons : « Ab eo, a quo appellatum est, ad eum qui de appellatione cogniturus est, litteræ dimissoriæ diriguntur, quæ vulgo *apostoli* appellantur, quarum postulatio et acceptio intra *quintum diem* ex officio facienda est. » (Apud Huschke : *Jurisprudentiæ antejustinianæ quæ supersunt*, 1867, collect. Teubner, p. 462 et 464.)

[4] Voici le texte de cette *interpretatio* : « ... ut quicumque judici qui causam ejus audivit appellat, et ad alium judicem provocare voluerit, *intra quinque dies* appellet, et his ipsis *quinque diebus* ad judicem quem provocaverit, sine aliqua dissimulatione perveniat; et ipse dies quo accepit litteras, in his *quinque diebus* specialiter computetur. Quod si longius iter fit, exceptis his quinque diebus spatium dierum quo iter agi possit computetur. » (Schulting, *Jurisprudentia vetus antejusti-*

3

Enfin une novelle de Justinien, de 536, fixe les délais d'appel, pour tout plaideur, à dix jours à partir du prononcé du jugement [1].

La numération des délais légaux par jours a donc été pratiquée pendant toute la durée de l'empire en Orient comme en Occident. Et le jour civil, ainsi qu'on l'a vu plus haut, allait de minuit à minuit.

Mais il y avait aussi en usage, particulièrement dans l'ordre judiciaire, une période quotidienne, qui était le *jour proprement dit*, et qui va faire l'objet du paragraphe suivant.

§ 4.

DU « JOUR PROPREMENT DIT ».

A côté du « jour civil », qui embrassait toute la durée de la révolution quotidienne de la terre, il s'établit à Rome, au plus tard dans la dernière moitié du 1er siècle avant l'ère chrétienne, une division qui se rapprochait sensiblement du « jour naturel ».

Tout d'abord, dans la vie militaire, on divisa la nuit, *nox*, en quatre veilles, *vigiliæ*, de trois heures chacune, soit douze heures pour la nuit entière, commençant à notre sixième heure du soir et finissant à notre sixième heure du matin [2].

On adopta ensuite, dans la vie civile et spécialement dans l'ordre judiciaire, une division semblable du jour naturel,

---

[1] « Et sancimus omnes appellationes, sive per se, sive per procuratores, sive per defensores, vel curatores, vel tutores ventilentur, posse intra decem dierum spatium a recitatione sententiæ numerandum. » (Novell. constitut., collatio IV, tit. II, cap. I.)

[2] « Alii diem quadripartito sed et noctem similiter dividebant (Romani). Idque consuetudo testatur militaris, ubi diciturvigilia prima, item secunda et tertia et quarta. » (Censorinus, *De die natali*, cap. XXIII, p. 70.) — Vegetius (fin du IVᵉ siècle), *De re militari*, III, 8.

dies, en quatre parties de trois heures chacune[1], formant un total de douze heures, qui commençait à notre sixième heure du matin, et s'arrêtait à notre sixième heure du soir[2].

Cette distinction, dans la révolution quotidienne de la terre, de deux parties de douze heures chacune, le «jour» et la «nuit», *dies* et *nox,* fut employée couramment dans les actes de la vie ordinaire et aussi dans l'ordre judiciaire, pour la tenue des audiences des tribunaux et pour certains actes qui ne pouvaient être valablement accomplis que durant le *jour proprement dit,* allant du lever au coucher du soleil.

Toutefois cela ne changea rien au régime légal pour le calcul des délais, qui se composaient invariablement de «jours civils», tels que nous les avons vus réglés par la loi précitée *De feriis et dilationibus*[3].

§ 5.

DU COMMENCEMENT DU JOUR AU POINT DE VUE DE LA RELIGION DES GAULOIS ET DE LA LITURGIE CHRÉTIENNE.

Ce qui précède s'applique essentiellement, comme l'indiquent nos citations, à la vie civile, aux rapports légaux des particuliers entre eux et avec le pouvoir judiciaire.

Si, en dehors de cet ordre de relations, on envisage l'organi-

---

[1] Censorinus, *ubi supra,* p. 70. Cf. Cicéron, *Ad Famil.,* III, 7, 4; dans Marcquardt, *Röm. Staatsverwaltung,* 2ᵉ édit., t. II, p. 420, note 8, et *Privatleben d. Römer,* t. I, p. 248.

[2] Censorinus dit que le préteur devait rendre la justice jusqu'au coucher du soleil. » Prætor urbanus... duo lictores apud se habeto usque supremam ad solem occasum, jusque inter cives dicito » (XXIV, p. 71). — Nous savons, d'autre part, que

les tribunaux siégeaient depuis le commencement de la troisième heure du jour (notre huitième heure du matin) jusqu'à la neuvième ou dixième (notre troisième ou quatrième heure après midi). (Varron, *De lingua latina,* VI, 89, et Martial, *Epigrammata,* IV, 8, 2.) Varron est mort en l'an 26 avant J.-C., et Martial en l'an 102 de l'ère chrétienne.

[3] *Dig.,* lib. II, tit. XIII. Voir ci-dessus le texte de cette loi.

3.

sation religieuse des populations gauloises, il convient de noter ici : 1° que jusqu'à la suppression du druidisme, qui eut lieu, d'après Pline, sous Tibère (an. Chr. 14-37)[1], et, d'après Suétone, sous le règne de Claude (an. Chr. 41-54)[2], elles durent, dans les cérémonies religieuses, conserver l'antique coutume; 2° qu'il en dut être ainsi chez les chrétiens, dont les premières églises furent le plus souvent, comme on sait, détachées de communautés hébraïques préexistantes, et « dont la liturgie, suivant l'expression de notre savant confrère, M. l'abbé Duchesne, procédait pour une large part de la liturgie juive, et n'en était même que la continuation[3] ». « Les réunions de la congrégation locale en synaxes étaient, dit-il, de deux sortes : la vigile, réunion de nuit, et la synaxe de jour, célébrée ordinairement le matin, mais renvoyée au soir les jours de jeûne. La vigile commençait dans la nuit qui précède le jour où a lieu la synaxe. A certaines fêtes au moins, elle *commençait avec la nuit*. C'était encore le cas vers le ve siècle et même plus tard pour la vigile de Pâques, celle de la Pentecôte et celles des dimanches des Quatre-Temps. Cette distribution du service repose sur la conception orientale du nycthémère[4]. »

Cette dernière réflexion sert à caractériser le lien qui rattache la pratique chrétienne à celle des Juifs et de diverses populations d'Orient. Toutefois il convient d'observer que cette pratique était exclusivement employée pour les grandes fêtes commémoratives des principaux événements du christianisme, et qu'il n'y en avait pas d'exemples pour les fêtes des saints.

---

[1] *Hist. natur.*, XXX, 4, 13.

[2] *Claud.*, cap. xxv. — Tacite dit que les druides pratiquaient encore leur culte sous Vespasien (69-79). (*Histor.*, IV, 54.)

[3] *Origines du culte chrétien*, in-8°, 1889, t. I, p. 45. Cf. aussi p. 7.

[4] Note manuscrite qui nous a été remise par M. l'abbé Duchesne.

Nous n'insisterons pas davantage et nous ne reviendrons même plus sur une particularité de la liturgie de l'Église catholique, qui s'est perpétuée à travers tous les régimes qui se sont succédé dans notre pays.

CHAPITRE IV.

DEPUIS LA CHUTE DE L'EMPIRE D'OCCIDENT (AN 476)
JUSQU'À L'AVÈNEMENT DE LA DYNASTIE CAROLINGIENNE (AN 752).

§ 1ᵉʳ.

DU PRINCIPE DE LA PERSONNALITÉ DES LOIS.

La période dont nous allons nous occuper est caractérisée par un des événements les plus considérables de l'histoire, par les invasions germaniques, qui changèrent la face de l'Europe occidentale, et par un principe juridique qui en fut la conséquence directe et domina la législation ainsi que tout le régime officiel de l'empire des Francs.

Ce principe est celui de *la personnalité des lois*, en vertu duquel des populations diverses, vivant sur un même territoire, obéissaient, non pas à une loi unique imposée à tous par le souverain, mais à des législations différentes suivant l'origine et la nationalité de ses habitants. Ce principe eut, sous les rois de la première race, son plein effet, et l'application n'en souffrit guère alors d'exception en ce qui concerne le monde laïque.

En 506, trente ans après la déposition du dernier empereur d'Occident (476), la Gaule était presque tout entière aux mains de trois groupes germaniques, entre lesquels devait s'ouvrir bientôt une lutte mortelle : les Burgundions à l'est,

sur les deux rives de la Saône et du Rhône; les Goths au sud
et au centre, des Pyrénées à la Loire; les Francs au nord et
au nord-est, depuis la Loire jusqu'au Rhin.

La situation fut changée par la bataille de Vouglé (507),
où la puissance des Visigoths fut abattue et leur domaine gaulois réduit à une zone étroite à l'extrémité sud-est.

L'empire des Francs était fondé; et vingt-sept ans plus tard,
après l'annexion du royaume de Bourgogne, il embrassait, sauf
une portion de la Narbonnaise et de la vieille Armorique, le
territoire de la Gaule, à peu près tel que César le délimitait
un demi-siècle avant l'ère chrétienne.

En dépit de ces grands changements, l'état respectif des
races et des nationalités juxtaposées sur ce vaste territoire resta,
au point de vue légal, ce qu'il était avant la victoire de Vouglé.
Les individus appartenant à chacune d'elles (Gallo-Romains,
Burgundions, Goths et Francs) furent, comme auparavant,
soumis à leur loi originelle. Les lois, les édits royaux et les
formules consacrent formellement ce principe[1].

Mais il y avait dans le royaume des Francs une catégorie
d'habitants, les hommes d'Église, prélats et simples prêtres,
abbés et moines, qui, quelle que fût leur origine, continuaient,

---

[1] « Inter Romanos negotia causarum
Romanis legibus præcipimus terminari. »
(Præceptio du roi Clotaire II [584-628],
§ 4; dans Boretius, Capital. reg. Francor., p. 19.) — « ... Omnis populus ibidem
(in pago illo) commanentes, tam Franci,
Romani, Burgundiones, quam reliquas na-
tiones sub tuo regimine et gubernatione
degant et moderentur, et eos recto termino secundum legem et consuetudinem
eorum regas. » (Formule d'investiture « De
ducatu, patriciatu vel comitatu », dans
le recueil de Marculfe, formule 8. Rozière, t. I, p. 7; Zeumer, p. 47.) — « Hoc
autem constituemus ut, infra pago Ri-
buario, tam Franci, Burgundiones, Ala-
manni, seu de quacumque natione conmo-
ratus fuerit, in judicio interpellatus, sicut
lex loci continet, ubi natus fuit, sic respon-
deat. » (Lex Ribuar., XXXI, 3.) — « Quod
si damnatus fuerit, secundum legem pro-
priam, non secundum Ribuariam, damnum
sustineat. » (Ibid., 4. Dans Pertz, Monum.
German. histor., Leg., t. V, p. 224.)

en vertu d'un privilège spécial, d'être régis par la loi romaine, en même temps que par les canons des conciles [1].

Au milieu de cette diversité de régimes légaux, quelle règle observait-on relativement au calcul officiel des délais?

Cette règle différait suivant qu'il s'agissait de gens de la nation franque ou de personnes appartenant aux autres groupes de population.

Occupons-nous d'abord de celles-ci.

§ 2.

POUR LES GALLO-ROMAINS, LES ECCLÉSIASTIQUES, LES BURGUNDIONS ET LES VISIGOTHS, LES DÉLAIS SONT COMPTÉS PAR JOURS.

Pour la masse des Gallo-Romains et pour les ecclésiastiques, les délais étaient comptés par jours, comme aux temps de l'administration impériale.

Quant aux Burgundions, leur code, rédigé en premier lieu par le roi Gondebaud (516) et modifié par son successeur Sigismond (517), ne nous offre pas un seul exemple du calcul par nuits, et nous y avons relevé deux exemples de computation par jours :

Celui chez qui un esclave fugitif est venu doit aviser le maître; s'il ne l'a pas avisé *dans les trente jours,* « si intra dies xxx non mandaverit », et que l'esclave se soit enfui, il sera tenu de se justifier par serments ou de payer la valeur de l'esclave [2].

---

[1] La loi des Ripuaires dispose, relativement aux *tabularii* (esclaves affranchis par écrit devant l'Église), que l'évêque ordonnera à l'archidiacre de faire écrire l'acte d'affranchissement suivant la loi romaine, sous laquelle, est-il dit, vit l'Église : « ut ei tabulas secundum legem Romanam *quam Ecclesia vivit,* scribere faciant. » (LVIII, 1 ; Pertz, *ubi supra,* p. 244.) Nous retrouverons, sous les Carolingiens, un capitulaire qui consacre le même régime pour l'Église.

[2] « Quod si non mandat et fugerit (servus), et si intra dies xxx non manda-

Quiconque, est-il dit plus loin, a reçu un esclave étranger, devra le conduire devant le juge, pour que, soumis à la torture, il avoue quel est son maître. Si, *dans les sept jours,* il n'a pas fait cela, « quod quisque intra septem dies non fecerit », et que l'esclave ait été reconnu par son maître, celui chez qui on l'a retrouvé sera tenu de payer le triple du prix dudit esclave[1]. »

Le même fait se produisit dans la *Lex antiqua* des Visigoths, qui se place entre les années 586 et 601[2]. Nous n'y rencontrons pas une seule disposition fixant un délai par le nombre de *nuits,* tandis que nous y voyons l'exemple suivant du calcul *par jours :*

Si un mandataire chargé de poursuivre une affaire en justice, en a fait différer le jugement *plus de dix jours* sans ordre du juge, « susceptum negotium ultra x dies absque praecepto judicis dilataverit », le mandant peut ou la poursuivre lui-même, ou la confier à un autre mandataire[3].

En dehors de leur loi, nous avons un autre témoignage de la même coutume chez les Visigoths.

Dans la notice d'un plaid tenu à Narbonne, en 862, devant le délégué du comte, et où la loi visigothique est expressément visée, les juges ordonnent que le défendeur comparaîtra au plaid, muni de son titre et accompagné de ses *auteurs*[4], dans un délai de *quinze jours,* « in dies xv ». Les parties étant venues au plaid dans ce délai de *quinze jours,* « in dies xv », les juges rendent

---

verit, aut sacramentis sicut supra statutum est se absolvat, aut xv solidos pro fugitivo solvat. » (Leg. Burgund., tit. XX, De fugitivorum furtis, c. iii; dans Pertz, *Mon. Germ. hist.,* Leg., t. III, p. 542.)

[1] Titre XXXIX, *De receptis advenis,* c. i et ii; *ubi supra,* p. 548.

[2] Ce sont les années du règne de Reccarède Ier. On a longtemps attribué cette loi à Alaric II.

[3] Lex Wisigoth., II, iii, 5, dans Walter,, *Corp. jur. German. antiq.,* t. I, p. 449.

[4] C'est-à-dire de ceux dont il dit tenir l'objet en litige.

leur sentence conformément à ladite loi, « sicut lex Gotorum
continet », dont ils citent même une disposition [1].

Voilà donc deux nations germaines établies sur notre sol,
qui, dans leurs lois, mesuraient les intervalles de temps et
fixaient les délais par le nombre de jours.

On va voir au contraire (et nous dirons plus bas la raison
de cette différence) que les Francs, qui étaient pourtant aussi
de race germanique, importèrent ou plus exactement restaurèrent en Gaule le calcul des délais par le nombre de nuits.

Ils étaient, on le sait, divisés en trois tribus ou groupes
distincts : 1° les Saliens, qui tenaient en 506 le territoire com-
pris entre la Loire, la Meuse et la mer, et s'étendirent dès 507
au sud jusqu'aux Pyrénées; 2° les Ripuaires, qui dominaient
le pays d'entre la Meuse et le Rhin: 3° les Chamaves, installés
au nord des Ripuaires, sur la rive droite du Rhin, dans les
provinces actuelles d'Utrecht et de Gueldre.

§ 3.

POUR LES FRANCS, LES DÉLAIS SONT COMPTÉS PAR NUITS.

Nous allons analyser ou mentionner successivement les lois,
édits, formules et notices de plaids, qui attestent la pratique,
chez ces peuples, de la coutume et de la règle dont nous nous

---

[1] « Tunc nos, missi et judices, ordina-
vimus Hictore misso nostro, quod ad
Sadigildo fidejussorem tollere faciat ut se
praesentare faciat una cum sua scriptura
et suos auctores, nomine Petrone et uxori
suae, in villa Pegano que vocant Caput-
Stanio, in placito ante judices, *in dies* xv, in
Villa Pegano... Sic perquisivimus in lege
Gotorum, in libro V, titulo III, era VIII[a],
ubi dicit : « *De is qui aliena vendere vel
donare presumpserit...* Tunc decrevimus
judicium per legem Gotorum et ordina-
vimus Randrico misso nostro, ut super
ipsas res venire faciat... et revestire faciat
sicut lex Gotorum continet... » (*Hist. de
Languedoc*, édit. Mabille, in-4°, t. II,
Preuves, col. 332, 333, 335 et 336.)

occupons, pour les différentes phases de la procédure judiciaire ou extrajudiciaire.

Nous nous bornerons à analyser l'un des documents de chacune des catégories indiquées, et pour le surplus, nous renverrons le lecteur à l'Appendice, où nous donnons la traduction ou l'analyse et, en partie, le texte des pièces citées.

I. — LES LOIS DES FRANCS.

1° *Chez les Francs Saliens.*

La *Lex Salica*, rédigée entre les années 486 et 496, contient de nombreux exemples de l'ancien usage germain de compter par nuits.

Celui que nous fournit le titre XXXVII se rapporte à la revendication d'un animal volé; il dispose que la poursuite judiciaire incombe au propriétaire ou au détenteur, suivant que l'animal est retrouvé *dans les trois nuits,* « in tres noctes », ou *après trois nuits,* « jam tribus noctibus exactis »[1].

Nous voyons des exemples de délais ainsi fixés à sept, dix, quatorze, vingt et une, trente, quarante ou quatre-vingts nuits, dans les titres XL, XLV, XLVII, L et LVI[2].

2° *Chez les Ripuaires.*

Nous trouvons dans la *Lex Ribuaria*[3] des dispositions qui

---

[1] Behrend, *Lex Salica*, p. 45.

[2] Voir l'analyse de ces titres à l'Appendice, n° I.

[3] Cette loi, en son dernier état, ne remonte pas au delà de la deuxième moitié du VIII° siècle. Mais on y distingue cinq parties, dont la première se placerait entre 534 et 550, la deuxième dans la seconde moitié du VI° siècle, la troisième entre 575 et 596, la quatrième dans la première moitié du VII° siècle, enfin la cinquième au milieu du VIII° siècle.

attestent que cette tribu franque comptait, de même que les
Saliens, par le nombre de nuits.

En voici un exemple :

Aux termes du titre XXX, le maître d'un esclave coupable
d'un crime doit s'engager à le représenter *dans quatorze nuits,*
« super xiv noctis ». Si l'esclave est alors en fuite, le maître le re-
présentera dans le même délai, « super xiv noctis », ou répondra
pour lui. Si, après que le maître aura représenté l'esclave
pour l'épreuve du feu, celui-ci s'est enfui, le maître devra le
représenter *dans quatorze ou quarante nuits,* « super xiv noctis
seu super xl noctis », faute de quoi il est responsable [1].

Les titres XXXIII, LVIII, LIX, LXVI, LXVII et LXXII,
dont on trouvera l'analyse à l'Appendice [2], contiennent des délais
fixés à sept, quatorze, quarante ou quatre-vingts nuits suivant
les cas.

Nous signalerons seulement à cette place deux passages particulièrement intéressants du titre LXVI : 1° celui où il est dit
que le Ripuaire qui s'est engagé à venir prêter serment avec
ses cojureurs, devra s'appliquer à remplir cet engagement
« dans le nombre *légal* de nuits », « cum *legitimo* termino noctium »; 2° le passage dans lequel il est parlé *du jour du plaid,*
« in *die* placitus », où le serment sera prêté [3]. Nous reviendrons
plus loin sur l'emploi qui est fait ici du mot *dies.*

3° *Chez les Francs Chamaves.*

L'usage de régler les délais par nuits, que nous venons de
voir pratiquer chez les Francs Saliens et Ripuaires, nous le
retrouverons dans la troisième tribu franque, celle des Chamaves. Mais la loi de ces derniers (telle du moins qu'elle nous

---

[1] Pertz, *Monum. German. histor.*, Leg., [2] N° II.
t. V, p. 221-223.   [3] Pertz, *Monum.,* loc. cit., p. 255.

est parvenue) appartient à l'ère carolingienne, et nous ren-
voyons au chapitre suivant ce qui s'y rapporte. Il nous suffira
de dire ici que celles de ses dispositions qui consacrent ce
mode de computation chez les Chamaves ne faisaient assurément que reproduire une coutume de beaucoup antérieure,
qui leur était commune avec les deux autres tribus franques.

II. — LES ÉDITS ET ACTES ROYAUX.

Si des recueils de lois nous passons à l'examen des actes des
rois francs de la première race, qui ont un caractère général
et réglementaire, nous constatons le même fait.

Nous citerons : 1° le *Pactus pro tenore pacis*, conclu par les
rois Childebert Ier et Clotaire Ier entre les années 511 et 558,
et qui se compose en réalité de deux *decretiones*, émanant de
chacun de ces deux princes et convenues entre eux [1]; 2° l'édit
de Chilpéric (561-581) [2]. On y voit la mention de délais de *dix,
vingt* et *quarante-deux nuits*.

Il faut noter toutefois que, dans la *decretio* précitée de Childebert, il y a un délai fixé par le nombre de jours. « Si quelqu'un, y est-il dit, ayant gardé injustement des esclaves
appartenant à autrui, ne les a pas restitués *dans les quarante
jours,* « infra dies quadraginta », il sera tenu pour coupable de
vol d'esclaves » [3].

C'est là une évidente dérogation au principe de la computation par nuits, mais il ne faut y voir qu'une exception à la
règle générale, qui, nous l'avons montré plus haut, est écrite

---

[1] § 5; dans Boretius, *Capitular. reg. Francor.*, t. I, p. 5.

[2] *Ibid.*, § 8, *ubi supra*, p. 90.

[3] « Si quis aliena mancipia injuste te-
nuerit, et *infra dies quadraginta* non reddi-
derit, ut latro mancipiorum teneatur ob-
noxius. » (*Ubi supra*, p. 9.)

dans les codes des nations franques, comme dans les formules qui y étaient en usage et qui font l'objet de l'article suivant.

III. — LES FORMULES.

Des recueils de formules dont la composition est tenue pour antérieure au couronnement du roi Charles Martel en 752, deux seulement, ceux d'Angers et de Tours, contiennent la mention des délais légaux.

1° *Formules d'Angers* [1].

Dans l'une d'elles, il est jugé qu'un individu réclamé comme colon par un monastère, devra venir au plaid, *dans tant de nuits*, « in noctis tantis », avec ses cojureurs, affirmer sous serment qu'il ne doit aucun service au monastère [2].

Les mêmes termes se rencontrent dans quatre autres formules du même recueil [3].

2° *Formules de Tours, dites « de Sirmond »* [4].

D'après le n° 39, relatif à une revendication d'immeubles, le demandeur doit se rendre au plaid, *dans tant de nuits,* « in noctis tantas [5] ».

Au n° 30, concernant un homicide commis dans le cas de légitime défense, l'inculpé est requis par jugement de ve-

---

[1] Les n°° 1 à 36 de ces formules doivent être datés des années 514-515 suivant Zeumer, de 530-537 d'après de Rozière. Ces deux savants placent la rédaction des n°° 37 à 57 après 578, et celle des n°° 57 à 60 après 676.

[2] Form. n° 10. Roz., form. 482; Zeumer, p. 8.

[3] N°° 11, 24, 28 et 29; dans Rozière, 495, 497, 487 et 489; chez Zeumer, p. 8, 12 et 13.

[4] Le recueil des formules de Tours a été composé, d'après de Rozière, à la fin du vi° siècle, et d'après Zeumer, entre 740 et 760.

[5] Roz., 484, § 1; Zeum., p. 157.

nir au plaid, avec les cojureurs, dans quarante nuits, « in noctis XL »[1].

Le n° 31 offre un exemple remarquable de l'emploi simultané des termes *noctes* et *dies*. Faisant suite au n° 30, qui fixe le délai de comparution de l'inculpé à *quarante nuits*, il porte néanmoins que cet individu s'est présenté au plaid, *les quarante jours écoulés*, « exactis *diebus* XL »[2].

L'expression *diebus* est manifestement ici l'équivalent de *noctis*, du n° 30.

IV. — NOTICES DE PLAIDS.

Nous connaissons trois notices de plaids royaux, où les délais sont fixés tour à tour par le nombre des jours et par celui des nuits.

Dans un plaid, tenu en 680, par le roi Théodoric III, il s'agissait d'une revendication d'immeuble; il y fut jugé que le détenteur viendrait dans l'oratoire royal, *deux jours* avant les calendes de juillet, « dies duos ante istas calendas Julias », jurer qu'il possédait par lui ou par son auteur depuis trente et un ans[3].

Un exemple semblable nous est fourni par la notice d'un plaid tenu, en 693, par Louis III[4].

Par contre, nous voyons qu'il fut jugé, dans un autre plaid présidé par le même prince en 691, où il s'agissait également d'une revendication d'immeuble, que le détenteur se rendrait devant le tribunal du roi dans *quarante nuits*, « in noctis quadraginta[5] ».

---

[1] Roz., 491, § 1; Zeum., p. 153.
[2] Roz., 491, § 2; Zeum., p. 154.
[3] Dom Bouquet, *Historiens de France*, t. IV, p. 659.

[4] Le plaid est fixé à cinq jours avant l'indiction de mars, « ad dies quinque ante istas Ind. Martias ». (*Ibid.*, p. 672.)
[5] *Ibid.*, p. 668.

Ainsi, dans le même temps et devant la même juridiction, en dépit de la loi franque, alors même qu'il était fait, comme dans les espèces précitées, application de la loi salique, on employait alternativement l'ancien usage romain de la numération par jours, et la coutume germaine du calcul par nuits.

Cela dépendait beaucoup sans doute des habitudes et de la nationalité du rédacteur de la notice du plaid.

Quoi qu'il en soit, au point de vue légal et malgré les dérogations qu'il subissait dans la pratique, le principe germanique de la computation par nuits subsistait toujours au regard des populations franques.

§ 4.

CONCLUSIONS DES TROIS PARAGRAPHES PRÉCÉDENTS. — EXPLICATION DE DEUX FAITS QUI Y SONT CONSTATÉS.

I. — CONCLUSIONS.

Des faits exposés ci-dessus il résulte :

1° Qu'à la suite de l'établissement des Francs et en vertu du principe de la personnalité des lois, les Gallo-Romains et les membres du clergé continuèrent de pratiquer le mode de computation par jours;

2° Que les lois Salique et Ripuaire rétablirent le calcul par nuits, qui n'avait pas cessé d'être en usage en Germanie;

3° Qu'à la différence des Francs, les Burgundions et les Goths, malgré leur origine germanique, suivaient le système romain;

4° Que, dans les deux lois franques, on rencontre l'emploi du mot *dies*, mais avec un sens différent de celui où il servait à déterminer un délai.

Ces deux dernières conclusions exigent quelques explications.

Le fait de l'abandon par ces peuples de la coutume nationale que les Francs avaient si bien conservée, est d'autant plus digne d'attention que les autres nations de même race, telles que les Alamans[1], les Bavarois[2], les Langobards[3], l'inscrivirent dans leurs codes.

Cette différence s'explique aisément par le fait que les Goths et les Burgundions avaient été de bonne heure en rapport avec le gouvernement impérial, auquel ils fournissaient des troupes auxiliaires, obtenant en échange des concessions de territoire, et qu'ils eurent affaire et furent même mélangés avec des populations dès longtemps et profondément romanisées.

Il était donc tout naturel qu'ils suivissent, relativement à la mesure du temps, le mode pratiqué par les Gallo-Romains, et qu'après leur installation sur notre sol, leurs législateurs ne songeassent pas à édicter des dispositions conformes à une coutume germanique qu'ils avaient depuis longtemps sans doute négligée, peut-être même oubliée.

Les Francs, au contraire, lorsqu'ils rédigèrent leurs codes dans les dernières années du ve siècle[4], n'avaient presque rien perdu de leurs mœurs primitives. Ils ne connaissaient que les gens du nord de la Gaule et n'avaient eu encore aucun contact

[1] Tit. XXXVI, *De conventu* etc.; § 2, dans Pertz, *Monum. German. histor.*, Leg., t. III, p. 56.

[2] Appendice au premier texte de la *Lex Bajuvar.*, n° IV; Pertz, loc. cit., p. 337.

[3] *Edictum Rotharis*, tit. 274, 346 et 361; Pertz, t. IV, p. 66, 79 et 83.

[4] La rédaction du plus ancien texte de la loi Salique paraît devoir se placer entre les années 486 et 496.

avec les populations du centre et du midi, où régnaient sans partage l'esprit, les lois et les habitudes romaines. Ils avaient donc gardé, dans leur originalité, la plupart de leurs institutions nationales.

C'est pourquoi nous retrouvons dans leur législation un si grand nombre de dispositions qui rappellent le livre de Tacite sur la Germanie, et, parmi elles, le calcul des délais par le nombre des nuits, dont l'usage avait disparu chez leurs congénères, les Burgundions et les Goths.

Avant de clore ce chapitre, nous devons nous expliquer sur la signification du mot *dies,* qui se rencontre dans certains passages des lois Salique et Ripuaire.

III. — DE L'EMPLOI, DANS LES LOIS SALIQUE ET RIPUAIRE, DU MOT *DIES*, AVEC UN SENS DIFFÉRENT DE CELUI OÙ IL A SERVI À DÉTERMINER UN DÉLAI.

Le titre LVI de la loi Salique, *De eo qui ad mallum venire contemnit,* porte que celui qui aura refusé de venir au plaid ou de se conformer au jugement des rachinbourgs, sera assigné au tribunal du roi. Là, trois témoins jureront qu'ils étaient présents tel *jour,* « illo die », au malberg, quand les rachinbourgs ont rendu un jugement aux termes duquel il devait *de ce jour-là en quarante nuits,* « de illa die in XL noctes », s'acquitter soit par l'épreuve du feu soit par le payement de la composition, et que, l'ayant assigné de nouveau au plaid à jour fixe, le demandeur l'y a attendu jusqu'au coucher du soleil, « iterum ei solem collocaverit », et qu'il n'a aucunement satisfait à la loi[1].

Dans ce titre, les mots *de illa die,* placés à côté de *in XL noctis,* font bien ressortir les acceptions différentes dans lesquelles les termes *dies* et *noctes* ont été employés. Tandis que, dans le

---

[1] Behrend, *L. Sal.,* p. 73.

deuxième groupe, *XL noctes* sert à marquer, suivant la formule légale, le nombre de *jours civils* composant le délai, *dies*, dans le premier groupe, exprime le *jour naturel* durant lequel le jugement des rachinbourgs a été rendu : les plaids se tenaient en effet toujours du lever au coucher du soleil; et pour ce motif, lorsqu'il y avait assignation à jour fixe, le demandeur attendait au plaid le défendeur jusqu'au coucher du soleil, après lequel il prenait défaut contre celui-ci. C'est ce que le législateur salien appelle, en maint endroit, *collocare solem*[1], et les formules ainsi que les capitulaires, *solisacire*.

Les deux termes de *noctes* et de *dies* se trouvent encore au titre L, *De fidis*[2] *factas*, avec leur même valeur respective.

Enfin nous les voyons employés de même dans la loi des Francs Ripuaires : « Si quis Ribuarius sacramentum fidem fecerit, super *14 noctis*, sibi septimus vel duodecimus vel septuagisimum secondo, cum legitimo termino noctium studiat conjurare. » Dans le délai de quatorze nuits, le débiteur sera tenu de se présenter avec les cojureurs. Vient ensuite cette phrase : « Si autem contentio orta fuerit, quod sacramentum *in die placitus* conjurasset, tunc cum tercia parte juratoris sui adfirmare studiat. » Au passage souligné « in die placitus », il y a deux variantes : « in die placiti » et « in die *placito* »[3]; les deux premières leçons paraissent d'autant plus préférables qu'elles sont fournies par les meilleurs manuscrits; il faut donc traduire : « au *jour* du plaid. »

Ces dernières expressions désignent un *jour naturel*, puisque

[1] *L. Sal.,* tit. XXXVII, XL, § 10, XLV, § 2 et L, § 3. Voir, sur la signification des expressions *collocare solem*, Siegel, *Geschichte des deutschen Gerichtsfahrens*, p. 47 et 54, note 15, et R. Sohm, *Der Process der Lex Salica* (Procédure de la loi Salique), traduct. de M. Thévenin, p. 18, note 6.

[2] Behrend, *L. S.,* p. 65-66.

[3] Tit. LXVI, § 1; dans Pertz, *Monum. German. histor.,* Leg., t. V, p. 255, et les notes.

les plaids, ainsi que nous l'avons dit plus haut, se tenaient *du matin jusqu'au soir,* au coucher du soleil, tandis que les mots « super 14 noctis » marquent, dans la forme consacrée, un délai composé de quatorze révolutions quotidiennes commençant par la nuit et correspondant au *jour civil,* au *dies civilis* de Censorinus : délai légal bien caractérisé par ces termes remarquables : « cum legitimo termino noctium ».

Au reste, cette distinction entre le *jour naturel,* « dies », et les *jours civils* comptés par nuits, « noctes », on la retrouve dans les anciennes lois des autres nations germaniques, telles que les Alamans, les Bavarois, les Lombards. Nous la signalerons plus bas dans la législation de la troisième tribu franque, celle des Chamaves, que nous ne citons pas à cette place parce que le texte qui nous en est parvenu n'appartient pas à l'époque mérovingienne, mais à l'ère des Carolingiens, qui commence à l'année 752[1] et sera l'objet du chapitre suivant.

CHAPITRE V.

DEPUIS L'AVÈNEMENT DE LA DYNASTIE CAROLINGIENNE (AN 752) JUSQU'AU MILIEU DU Xe SIÈCLE.

I. — PERSISTANCE DU PRINCIPE DE LA PERSONNALITÉ DES LOIS.

Dans cette période ou du moins dans la plus grande partie de cette période, le principe de la personnalité des lois fut encore officiellement en vigueur[2]; et avec lui continua de régner la diversité que nous avons observée, sous les princes

---

[1] Date du couronnement de Pépin le Bref, qui se fit proclamer roi au Champ de mai.

[2] Sur la persistance du principe de la personnalité des lois sous la deuxième race, voir plus bas l'Appendice, n° IV.

mérovingiens, dans la manière de compter les délais légaux par nuits ou par jours suivant la nationalité.

Mais, d'une part, les capitulaires de Charlemagne et de ses deux successeurs immédiats inaugurèrent un système gouvernemental qui tendait à rendre les dispositions qui y étaient édictées, obligatoires pour tous les sujets de l'empire, sans distinction d'origine, et à leur imprimer progressivement un caractère territorial.

D'autre part, le travail de décentralisation et de localisation du pouvoir, que la main puissante du grand empereur avait momentanément enrayé, reprit, après sa mort, une marche rapide, et dut, en acheminant la société vers le régime féodal, rendre de plus en plus difficile et rare l'exercice du droit personnel.

C'est pourquoi il nous a semblé utile d'étudier à part les documents relatifs à cette époque de transition.

Nous procéderons ici, comme nous l'avons fait pour les temps de la dynastie mérovingienne, en analysant successivement les lois, capitulaires et édits, les formules et les notices de plaids et autres actes de divers genres, où nous aurons relevé des exemples de délais déterminés par le nombre de nuits ou de jours.

II. — LOIS, CAPITULAIRES ET ÉDITS OÙ L'ON CONTINUE DE COMPTER PAR NUITS.

1° La première loi de l'époque carolingienne qui contienne la mention de délais légaux est la *Lex emendata*, la loi Salique revue et modifiée par Charlemagne roi, en 768. Nous retrouvons la fixation de ces délais par nuits dans les titres XXXIX, XLII, XLVII, XLIX, LII, LIV et LIX[1], qui correspondent aux

---

[1] Pardessus, *Loi Salique*, p. 301, 303, 308, 310, 311, 313 et 316.

titres XXXVII, XL, XLV, XLVII, L, LII et LVI du *Pactus legis Salicæ*, qui, à cet égard, ne subit aucun changement.

2° La loi des Francs Chamaves paraît avoir été rédigée vers 802[1], à une époque où, dans l'empire carolingien, les lois marquent une tendance à perdre le caractère purement personnel.

Elle[2] contient trois titres où les délais sont fixés à sept, quatorze, vingt-cinq, quarante-deux ou quatre-vingt-quatre nuits[3]. Nous n'en reproduirons qu'un seul, qui mérite d'être noté à cause de cette singularité que le délai de comparution au plaid est fixé à quatorze ou à sept nuits, selon qu'il s'agit d'une cause grave, « maxima causa », ou d'une cause de faible importance, « minor causa »[4].

3° Un capitulaire de 803, additionnel à la loi des Ripuaires, édicte des pénalités en cas de défaut au *mallum*, après quatre assignations successives, dont la première aurait eu lieu à sept nuits, la deuxième à quatorze, la troisième à vingt et une et la quatrième à quarante-deux[5].

On voit dans le troisième capitulaire de 819, additionnel à la loi Salique, qu'en cas d'assignation au plaid dans *quarante*

---

[1] On l'a prise longtemps pour un capitulaire de Charlemagne de l'an 803, et puis pour une loi particulière du petit pays de Xanten ou Santen (petite ville de la principauté de Clèves, dans le royaume de Prusse).

[2] Ce texte se trouve, avec l'introduction de M. Gaupp, qui en a déterminé le caractère définitif, dans la *Revue historique du droit français et étranger*, année 1885, p. 417 et suiv.

[3] Tit. XVI, XLIII et XLIV, *ubi supra*, p. 440 et 442.

[4] Tit. XLIII : « ... Ingenuus, si per comitem aut per missum suum bannitus fuerit infra comitatum, *de maxima causa*, super noctes quatuordecim ad placitum veniat. *Si minor causa* extiterit, super noctes septem ad placitum veniat. » (*Loc. cit.*, p. 442.)

[5] « Prima ammonitio (var. *mannitio* et *bannitio*) super noctes septem, secunda super noctes quatuordecim, tertia super viginti et unam, quarta super quadraginta duas. » C'est le titre XXXIII de la loi Ripuaire dans Boretius, *Cap. reg. Franc.*, p. 118.

nuits, si le comte n'a pas tenu de plaid dans cet espace de temps, le délai est prolongé jusqu'à la tenue du plaid le plus prochain[1].

Enfin nous trouvons la mention d'un intervalle de quarante nuits dans le chapitre XIV d'un capitulaire de Worms, de 829[2].

III. — LES FORMULES OÙ L'ON COMPTE PAR NUITS. — EXCEPTION POUR LES LITIGES ENTRE PERSONNES RÉGIES PAR LA LOI ROMAINE.

Les recueils de l'époque carolingienne, qui contiennent la mention de délais légaux, sont, dans un ordre chronologique approximatif, ceux de Sens, de Bignon, de Merkel, de Lindenbrog, de Saint-Emmeramus, de Saint-Gall, et le recueil des *Formulæ judiciales*, formules judiciaires suivant la loi romaine. Sauf ce dernier, ils fournissent tous des exemples du calcul de ces délais par le nombre de nuits.

Nous nous bornerons à les citer sommairement, en renvoyant le lecteur à l'Appendice, où il trouvera l'analyse des passages qui nous intéressent[3].

Dans les Formules de Sens, ce sont les n°s 17, 18 et 26 des *Cartæ Senonicæ* de Zeumer, qui appartiennent au dernier tiers du VIIIe siècle;

[1] Cap. 1 : « De capitulo primo id est de mannire. De hoc capitulo judicatum est, ut ille qui mannitur, spatium mannitionis suæ per quadraginta noctes habeat. Et si comes infra supradictarum noctium numerum mallum suum non habuerit, ipsum spatium usque ad mallum comitis extendatur, et deinde *detur* ei spatium ad respectum ad septem noctes, inde non noctium spatia, sed proximus mallus comitis ei concedatur. » (Borétius, *Capitularia re-*

gum Francorum, t. I, p. 292. Pertz, *Monumenta Germaniæ historica*, Leg., t. I, p. 225.)

[2] « Postquam comes et pagenses de qualibet expeditione hostili reversi fuerint, ex eo die *super quadraginta* noctes sit bannus rescisus, quod *in* lingua Thiudisca *scafllegi*, id est armorum depositio, vocatur. » (Baluze, *Capitul.*, t. I, col. 668. Pertz, *ubi supra*, p. 352.)

[3] Voir Appendice, n° III.

Le n° 13 des Formules de Bignon, qui est de la même époque;

Les nᵒˢ 27, 28 et 30 des Formules de Merkel (commence-ment de la période carolingienne);

Les nᵒˢ 20 et 21 du recueil de Lindenbrog, antérieur à l'an 800;

Les nᵒˢ 3 et 24 du manuscrit de Saint-Emmeramus, qui se placent entre 817 et 842;

Enfin les nᵒˢ 34 et 35 de la deuxième partie des Formules dites « de Saint-Gall », formées dans le dernier tiers du ıxᵉ siècle.

Dans ces documents, les délais sont calculés par nuits, suivant les lois des Francs.

Nous allons voir maintenant qu'au ıxᵉ et au xᵉ siècle, dans les causes débattues en justice entre les personnes régies par la loi romaine, on les réglait, conformément à cette loi, par le nombre de jours.

Il est dit, en effet, dans une des *Formulæ judiciales secundum legem Romanam* [1] publiées par Zeumer parmi les *Formulæ extravagantes* : 1° que des lettres sont délivrées par le juge au demandeur pour que celui-ci assigne le défendeur à son audience, à *un jour déterminé*, « die statuta ad audientiam nostram »; 2° que le défendeur assigné en justice par trois lettres successives, qui aura fait défaut, sera appelé à haute voix à l'audience, et que s'il ne comparaît pas *dans les vingt-sept jours,* « inter viginti et septem dies », il sera condamné par défaut, « in contumacia » [2].

Il résulte de là que, dans les litiges entre les habitants de la

---

[1] Elle a pour titre *De trina conventione.* Cette série de formules a été éditée d'après quatre manuscrits, dont deux sont du xᵉ siècle, un du ıxᵉ, et l'autre du ıxᵉ ou du xᵉ siècle.

[2] Roz., 438, § 1 et 2; Zeumer, p. 535.

Gaule, régis par la loi romaine ou dont la législation ne différait pas en ce point de la loi romaine, les délais continuaient d'être fixés par jours; nous en trouverons plus bas d'autres témoignages.

IV. — NOTICES DE PLAIDS. — LES DÉLAIS Y SONT FIXÉS D'APRÈS LA NATIONALITÉ DES PARTIES.

Dans un plaid tenu, en 806, devant le comte d'Autun, Théoderic, un fonctionnaire impérial, réclamait, comme serf du fisc, un individu qui se disait fils d'ingénu; celui-ci, à qui le comte demandait sous quelle loi il vivait, déclara qu'il vivait sous la loi Salique. Le juge ordonna au poursuivant de venir au plaid *dans quarante nuits*, « post 40 noctes », pour produire ses preuves [1].

En 819, au plaid du même comte, le fisc impérial réclamait, comme serf lui appartenant, un individu qui prétendait avoir été affranchi par Charlemagne. Il fut ordonné que le demandeur produirait, *dans les quarante nuits*, au prochain plaid, tels témoignages que de droit, conformément à la loi Salique, « ut secundum legem suam Salicam adprobet » [2].

En 898, dans un plaid tenu à Nîmes par le vicomte Bernard, il y avait litige au sujet de la propriété d'une église entre un Goth appelé Josué et un Franc Salien nommé Rostan (*Rodestagnus*). Les juges ordonnèrent que Josué présentât son auteur (c'est-à-dire celui dont il tenait l'objet litigieux) *dans les quarante nuits;* à la requête de Rostan, le vicomte décida que si Josué ne pouvait faire cette production *dans les quarante nuits*, l'église en question serait par lui restituée [3].

---

[1] Pérard, *Rec. de plusieurs pièces curieuses pour l'hist. de Bourgogne*, p. 35.
[2] *Ibid.*, p. 34.

[3] Ménard, *Hist. de Nîmes*, t. I, Preuves, charte n° III, p. 16, col. 2.

Voilà deux exemples de délais fixés par nuits suivant la loi Salique.

Voici maintenant la notice d'un plaid tenu à Narbonne, en 862, par les délégués du comte, où le délai est fixé par jours.

On y voit les délégués et les juges ordonner que le défendeur produira, dans les quinze jours, « in dies xv », son titre écrit de propriété et ses auteurs. Les uns et les autres vinrent au plaid dans les quinze jours, « ad placitum constitutum. in dies xv ». Les juges consultent alors la loi des Goths, « in lege Gotorum », au livre V, titre III, loi 8, *De is (sic) qui aliena vendere vel donare presumpserit;* ils rendent leur jugement en vertu de la loi des Goths, « per legem Gotorum », et ordonnent que leur délégué fera réintégrer le vrai propriétaire dans la possession de sa chose, comme le veut ladite loi, « sicut lex Gotorum continet » [1].

Nous avons là une preuve nouvelle et certaine du fait déjà précédemment constaté [2], à savoir que, sous l'empire de la loi des Goths, comme sous l'empire de la loi romaine, les délais étaient officiellement déterminés par le nombre de jours.

A partir de la fin du ixe siècle, les témoignages écrits de l'emploi des modes de computation par jours ou par nuits, *suivant la nationalité*, nous font défaut. Mais il est rationnel d'admettre *à priori* que cette diversité, qui était une conséquence nécessaire du principe de la *personnalité des lois*, dura tant que dura l'application de ce principe.

Or les résultats de nos recherches sur ce sujet nous autorisent à penser qu'à partir du deuxième tiers ou tout au moins de la deuxième moitié du xe siècle, on cessa, dans les causes

---

[1] *Histoire de Languedoc,* nouvelle édition, in-4°, publiée par Mabille, t. II, Preuves, col. 332-336. Dans les trois passages cités, le texte porte *lex, legem* ou *lege Cotorum* pour *Gotorum.*

[2] Voir plus haut, chap. iv, § 2.

IMPRIMERIE NATIONALE.

judiciaires, de tenir compte des différences d'origine et de nationalité des parties [1].

CHAPITRE VI.

DEPUIS LE MILIEU DU Xe SIÈCLE JUSQU'EN 1200.

§ 1er.

LÉGALEMENT, LES DÉLAIS SONT RÉGLÉS PAR NUITS POUR TOUTES LES PERSONNES
AUTRES QUE LES ECCLÉSIASTIQUES, PAR JOURS POUR CES DERNIERS.

Nous sommes ici à l'époque la plus obscure de notre histoire.
Le pouvoir central est désormais entièrement effacé, et l'on ne
rencontre plus ni lois, ni capitulaires émanés du souverain,
dont les dispositions, édictées pour tout le territoire et toute la
nation, puissent nous éclairer sur les formes suivant lesquelles
les délais étaient officiellement déterminés. Il faut descendre au
premier tiers du XIIe siècle pour trouver un document qui
nous fournisse une notion précise sur ce sujet.

Mais il y a un fait historique, constaté à la fin du chapitre
précédent, qui doit nous aider à combler cette lacune.

Par suite du travail de fusion, qui s'était lentement opéré,
des éléments multiples réunis sur notre sol depuis les grandes
invasions des Ve et VIe siècles, le principe de la personnalité
des lois avait peu à peu disparu, au moins dans la pratique, et
cette disparition impliquait naturellement la cessation de la
diversité qui avait régné jusque-là pour le règlement officiel des
délais dans les actes de la vie publique.

On fut graduellement amené à ne plus distinguer, sous
ce rapport, que deux catégories de personnes : les laïques,

---

[1] Voir, à ce sujet, le n° IV de l'Appendice.

auxquels s'appliqua uniformément la loi franque, c'est-à-dire le calcul des délais par nuits, et les ecclésiastiques de tout ordre, qui conservèrent l'antique privilège d'être exclusivement régis par la législation romaine et par les canons de l'Église, en vertu desquels les délais légaux étaient calculés par jours.

Tel fut, apparemment, le double mode de procéder qui fut légalement en vigueur à partir du milieu du xe siècle. Et c'est précisément celui que nous montre une pièce du plus haut intérêt, dont l'autorité et l'importance historique sont d'autant plus considérables, qu'elle émane d'un personnage de grand savoir et particulièrement qualifié pour nous renseigner sur le sujet qui nous occupe.

C'est une lettre adressée par Geoffroi, abbé de Vendôme, à Geoffroi, évêque de Chartres, et qui se place entre les années 1116 et 1132 [1].

L'abbé, après avoir formulé des plaintes contre des gens du diocèse de Chartres, qui auraient enlevé au monastère des biens situés dans ce même diocèse, déclare que lui et ses moines sont prêts à comparaître devant l'évêque pour rendre compte d'actes sacrilèges imputés à leurs frères, et il ajoute :

« Nous demandons toutefois que les délais pour la comparution soient fixés, non par nuits suivant la coutume des laïques, mais conformément aux prescriptions des canons. » — « In hoc tamen non *noctes secundum consuetudinem laicorum*, sed secundum institutiones canonum inducias postulamus [2]. »

Ainsi, d'après ces expressions du savant abbé de Vendôme, pour les laïques Gallo-Romains, Burgundions, Goths ou Francs

---

[1] Geoffroi, abbé de Vendôme, gouverna ce monastère de l'an 1093 à l'an 1132; l'évêque de Chartres, Geoffroi, siégea de l'an 1116 à l'an 1149; la lettre du premier de ces deux personnages a donc été écrite au plus tôt en 1116 et au plus tard en 1132.

[2] Goffredi, abbatis Vindocinensis, epistolæ, lib. II, epist. 27; dans Migne, *Patrolog. lat.*, t. CLVII, col. 94.

6.

sans distinction d'origine, c'est la règle franque qui s'applique, c'est-à-dire la computation par le nombre de nuits. Pour les ecclésiastiques, qui continuent d'être régis par la loi romaine, c'est la computation par le nombre de jours.

Voilà le régime qui paraît avoir subsisté, *en droit,* jusqu'au commencement du siècle suivant. On s'y conformait sans doute exactement, en ce qui regarde les délais de procédure, pour lesquels la loi est toujours mieux observée.

Mais, hors de là, il en était, croyons-nous, tout autrement.

§ 2.

EN FAIT, DANS LA VIE PRIVÉE ET MÊME DANS CERTAINS ACTES PUBLICS, ON COMPTAIT SOUVENT PAR JOURS.

Dans les affaires courantes, dans la vie privée, c'est bien certainement par jours que l'on comptait; c'était même aussi de cette manière que l'on réglait souvent les délais dans des actes ayant un caractère public, mais étrangers à l'ordre judiciaire.

Nous en avons d'assez nombreux exemples.

Ainsi l'ancienne coutume de Strasbourg, rédigée vers 980, porte que lorsqu'une nouvelle monnaie sera instituée et l'ancienne interdite, cette mesure devra être annoncée à trois reprises, séparées les unes des autres par un intervalle de *quatorze jours*[1].

Les coutumes de Bigorre (1097) fixent, en leur article 6, un délai de *quarante jours,* et, à l'article 14, un délai de *vingt jours.*

Nous voyons encore des délais réglés en la même forme dans la coutume de Senlis (1173); dans la célèbre charte, dite la *Loi de Beaumont* (1182), qui servit, comme on sait, de type

---

[1] « Terne xiv dierum inducie. » (Dans Giraud, *Essai sur l'hist. du droit français,* t. I, Pièces justificatives, p. 13.)

pour un grand nombre de chartes de communes du nord de la France, et enfin dans les lois municipales de la ville d'Arles (1162-1202)[1].

CHAPITRE VII.

DEPUIS L'AN 1200 JUSQU'AU DEUXIÈME QUART DU XIVe SIÈCLE.

§ 1er.

NOUVEAU SYSTÈME OFFICIEL. — NUMÉRATION DES DÉLAIS PAR « JOURS ET NUITS ».

Dès les premières années du XIIIe siècle, il est survenu, dans l'ordre de faits relatifs à notre sujet, un changement qui n'a été, que je sache, mentionné ni par les historiens ni par les juristes. Il était cependant d'autant plus digne de remarque qu'il préparait un grave événement : le retour définitif au système de computation par jours, abandonné officiellement, sinon en fait, depuis plusieurs siècles.

Ce changement a consisté à régler les délais légaux, non plus par le nombre de nuits, mais à la fois par le nombre de jours et de nuits.

Nous lisons à l'article 29 de la coutume de Montpellier, rédigée en 1204, que si un étranger vient dans cette ville uniquement pour faire ses oraisons à l'église de Sainte-Marie, il pourra y demeurer *deux jours et deux nuits,* et partir sans être inquiété le troisième jour[2].

---

[1] Voir à l'Appendice, n° V, l'analyse des articles des coutumes et chartes de Bigorre, Senlis, Beaumont et Arles que nous nous bornons à citer ici.

[2] « Si causa orationis tantum peregrinus venerit ad limina beate Marie, secure moretur in villa *per duos dies et duas noctes,* et tertia die secure recedat. » (Dans Giraud, *Essai sur l'hist. du droit français,* t. I, Pièces justificatives, p. 55.)

Un peu plus tard, cette formule se retrouve dans plusieurs articles de la coutume de Touraine-Anjou (1246). Ainsi l'article 19, § 1, porte : Au criminel qui est en fuite, on assigne trois délais successifs, le premier de *sept jours et sept nuits*, le deuxième de *quinze jours et quinze nuits*, le troisième de *quarante jours et quarante nuits*.

Il en est de même, d'après le paragraphe 2 du même article, à l'égard de celui qui est soupçonné d'un méfait; et si ce dernier se présente après l'expiration des trois délais, ces mêmes délais durant lesquels l'inculpé était détenu « pour le soupçon », on les assigne au *lignage*, c'est-à-dire aux parents de la victime, pour venir accuser l'inculpé devant le tribunal [1].

Des dispositions analogues se lisent dans les articles 40, 54, 61, 62, 82, 95 et 157 de la même coutume, dont on trouvera l'analyse à l'Appendice [2].

Les dispositions contenues dans les huit articles précités de la coutume de Touraine-Anjou, qui réglaient les délais par jours et nuits, ont été reproduites en divers chapitres du livre Ier des *Établissements de saint Louis* [3], qui leur imprimaient ainsi un caractère plus général et une portée beaucoup plus haute.

Mais il importe de noter ici que le célèbre recueil nous offre encore, dans le chapitre xxx du livre II, un exemple du calcul par nuits seulement :

« Le seigneur, y est-il dit, mandera celui qu'il croit lui devoir hommage, et il assignera souffisant jor, *dedans les nuits ou dehors les nuits de quinzaine*, selon l'usage d'Orlénois entre les vavassors [4]. »

---

[1] Viollet, *Établissements de saint Louis*, t. III, p. 10.

[2] Voir le n° VI de l'Appendice.

[3] Chap. xxviii, xxix, L, lxv, §§ 3 et 5, et clxviii; dans Viollet, *Établissements de saint Louis*, t. II, p. 39, 42, 69, 95 et 309.

[4] Viollet, *Établissements*, t. II, p. 425. C'est à l'article 28 de l'Usage d'Orlénois que cette disposition est empruntée.

Enfin, au commencement du xive siècle, peu après l'an 1315, la *Compilatio de usibus Andegaviæ*[1] reproduit, mais en l'abrégeant de manière à la rendre presque inintelligible, la disposition citée plus haut de la coutume de Touraine-Anjou, qui permettait de détenir un individu prévenu de meurtre pendant les trois délais successifs de sept jours et sept nuits, quinze jours et quinze nuits, quarante jours et quarante nuits, durant lesquels les parents de la victime étaient appelés à se porter accusateurs[2].

C'est là le dernier exemple que nous connaissions de la numération par *jours et nuits*, et il est vraisemblable qu'elle ne dura pas au delà du premier quart du xive siècle.

Et, même dans ce temps, comme nous allons le montrer, on comptait fréquemment par *jours* seulement.

§ 2.

DE L'EMPLOI, SUR DIVERS POINTS, DE LA COMPUTATION PAR JOURS SEULEMENT.

Nous avons vu, d'une part, que le mode de calcul des délais par jours n'avait jamais cessé d'être légalement en vigueur relativement aux ecclésiastiques, en vertu du privilège dont jouissait l'Église de n'être soumise qu'à la législation romaine. Nous avons, en outre, cité plus haut[3] des chartes de communes et des coutumes des xie et xiie siècles, où l'on comptait de la même manière. Il en fut encore plus souvent ainsi au xiiie siècle.

La coutume de Montpellier (1204), qui nous a fourni un exemple de calcul des délais par *jours et nuits*, nous en offre

---

[1] Ce recueil a été composé après 1315. (Viollet, *Établissements*, t. III, p. 116. Cf. t. I, p. 31.)

[2] Voici le texte de la *Compilatio* : « xxiv. Il est usage que se aucun home est apelé de muertre ou mauvesement re-

nomez, que il doit estre tenuz vii jours et vii nuiz, et xv jours et xv nuiz, et xl jours et xl nuiz, etc. » (Viollet, *Établ.*, t. III, p. 122.)

[3] Chapitre vi, § 2.

aussi pour la computation *par jours seulement*, et dans des termes qui sont à remarquer. « Que la citation des parties se fasse, est-il dit dans l'article 77, à l'arbitrage du juge, dans le *nombre de jours accoutumé* et sans écrits[1]. »

En cas de vol commis au préjudice d'un étranger, les statuts édictés, en 1235, par le comte de Provence Raymond-Bérenger, IVᵉ du nom, pour la viguerie de Draguignan, ordonnent que le coupable donne satisfaction *dans les dix jours*[2].

Les chevauchées sont dues au comte, dans le comté de Provence et dans celui de Forcalquier, pendant *quarante jours,* aux frais des chevaliers et des hommes[3].

Nous trouvons des délais également réglés *par jours* dans une série d'actes publics qui s'échelonnent de 1235 à 1306, savoir : les statuts de la cour d'Aix en Provence (entre 1235 et 1245); les coutumes de Furnes (1240), de Charroux (1247) et d'Albi (1268); les statuts du roi Charles de Provence (1288-1292); le Livre de jostice et plet (vers 1272); l'Abrégé Champenois (peu après 1278); la Coutume de Dijon (fin du XIIIᵉ ou commencement du XIVᵉ siècle); les statuts municipaux de Salon (1293), et les statuts de Robert, fils du roi Charles de Provence (1306)[4].

---

[1] « Partium fiat citatio judicis arbitrio, sine *solempni dierum numero* et sine scriptis. » (Giraud, *Essai*, etc., t. I, Pièces justificatives, p. 65.) Notons aussi l'article 70, qui porte qu'il ne sera point accordé, en cas de plainte, un délai de *vingt jours* au défendeur; celui-ci devra répondre dans le jour qui suit la plainte ou la signification du juge : «'nec *spacium xx dierum* detur, etc. » (*ibid.*, p. 65). Ces dispositions se retrouvent dans la coutume de Carcassonne, qui fut, comme on sait, calquée presque exactement sur celle de Montpellier.

[2] « *Infra decem dies.* » (Dans Giraud, *ubi supra*, t. II, p. 7.)

[3] *Ibid.*, p. 7, 8 et 13. Dans les quarante jours sont comptées les journées d'aller et de retour, savoir six lieues pour chaque journée. « *Infra xi dies* connumerari intelligimus *dietas* in eundo et redeundo, videlicet pro *qualibet dieta* sex leucas.» (*Ibid.*, p. 7).

[4] Voir à l'Appendice, n° VII, l'analyse des passages des documents cités qui se rapportent à notre sujet.

Ainsi, tandis que, sur une partie du territoire, et principalement dans les pays et les villes où les Établissements de saint Louis avaient force de loi et où l'autorité royale s'exerçait le plus directement, les délais étaient comptés *par jours et nuits,* dans d'autres, ils étaient calculés *par jours* seulement[1]. D'où il faut conclure que, pendant la période qui nous occupe, c'est-à-dire durant le xiiie siècle et le premier quart du xive, on comptait de deux façons différentes suivant les régions et le pouvoir politique auquel elles obéissaient.

§ 3.

LA COMPUTATION « PAR JOURS ET NUITS » FUT UNE TRANSITION ENTRE LE CALCUL « PAR NUITS » QUI ALLAIT DISPARAÎTRE, ET LE CALCUL « PAR JOURS » QUI ALLAIT RÉGNER SEUL.

Je viens de dire que, dans la période ici envisagée, qui remplit le xiiie siècle, on comptait, « de deux façons différentes », suivant les pays et le pouvoir qui y dominait. Il eût été plus exact de dire « selon deux formules différentes », car, au fond, l'on comptait de même dans les deux cas.

Nous avons montré[2] dans une autre partie de notre mémoire que, à côté du *jour civil,* qui allait de minuit à minuit, il s'était établi de bonne heure, à Rome, dans la vie ordinaire et particulièrement dans l'ordre judiciaire, une autre division de la durée de la révolution quotidienne de la terre en deux sections, correspondant approximativement aux deux phases lumineuse et ténébreuse; c'était la distinction du jour proprement dit et de la nuit, *dies* et *nox.*

[1] Notons ici une particularité de la coutume de Dijon précitée, qui contient un délai fixé *par nuits* pour les ventes à la suite de saisies-exécutions. C'est un cas exceptionnel, qui n'infirme aucunement les faits exposés au cours de ce chapitre. Voir sur ce point, le n° VIII de l'Appendice.

[2] Voir ci-dessus, chap. iii, § 4.

Cette division était entrée profondément dans les habitudes des populations gallo-romaines. Et d'ailleurs, comme nous l'avons vu, outre la persistance de la numération légale par jours, *dies,* pour les ecclésiastiques, on continua, en fait, au moyen âge et surtout à l'époque féodale, dans nombre de villes et de provinces, de compter les délais en la même forme.

Maintenant, si nous recherchons la signification de l'expression *dies et noctes,* si souvent employée dans les actes officiels du xiiie siècle, nous remarquons en premier lieu qu'on n'y indique pas le nombre « de jours *ou* de nuits », *dies aut noctes,* ce qui aurait impliqué une alternative absolument inadmissible en matière de procédure judiciaire [1].

D'un autre côté, si l'on avait entendu exprimer la règle de la numération *par nuits,* telle qu'elle avait été édictée sous les deux premières dynasties, on aurait énoncé d'abord les nuits et, après elles, les jours, qui, selon les idées et l'usage constant des Germains, « suivaient les nuits [2] »; on aurait dit « noctes et dies ». En plaçant les jours avant les nuits, les rédacteurs ont donné à ceux-là le rôle principal, à celles-ci un rôle secondaire.

C'est que les nuits ne sont mentionnées ici que pour compléter la désignation de la période de vingt-quatre heures, représentant la révolution quotidienne de la terre, et surtout par un reste d'habitude et en souvenir de l'ancien mode de numération par nuits.

Et cela est tellement vrai que, dans le siècle suivant, peu après l'an 1315, la mention des nuits cessa entièrement et pour jamais d'être employée; il ne resta plus, nous le verrons

---

[1] Ces délais ne peuvent être, en effet, réglés de deux façons différentes, au choix des parties ou de l'une d'elles.

[2] « Nox ducere diem videtur. » (Tacite, *De mor. German.,* cap. xi; collect. Teubner, t. II, p. 192.)

bientôt, dans les actes de toute nature, que le calcul par jours.

La formule du XIIIᵉ siècle constituait donc un état transitoire entre le régime de computation par nuits qui allait disparaître, et le calcul par jours qui allait régner définitivement et sans partage, comme nous allons l'établir dans le chapitre suivant.

CHAPITRE VIII.

DEPUIS LE DEUXIÈME QUART DU XIVᵉ SIÈCLE JUSQU'À NOS JOURS.

Le dernier document où nous ayons rencontré la numération des délais par *jours et nuits*, la *Compilatio de usibus Andegaviæ*, a été rédigé peu après 1315[1]; aussi avons-nous pris le deuxième quart du XIVᵉ siècle comme point de départ de la période où les délais ont été calculés *par jours*, pour tous les actes indistinctement.

Ce mode de computation a été depuis invariablement suivi. C'est ce que prouvent:

Au XIVᵉ siècle, les coutumes, les statuts et actes municipaux, les registres de justice seigneuriale[2], et surtout la *Somme rurale* de Boutillier (fin du XIVᵉ siècle), ainsi que le *Grand Coustumier de France*, appelé longtemps à tort *Coustumier de Charles VI*, et que, grâce à notre savant confrère M. L. Delisle[3], nous savons avoir été composé par Jacques d'Ableiges et terminé au plus tard en 1389[4];

---

[1] Voir ci-dessus, chapitre VII, § 1.

[2] Notamment les coutumes de Bourgogne de 1353 et de 1360: les coutumes de Châtillon-sur-Seine, de 1371; le registre civil de la seigneurie de Villeneuve-Saint-Georges, sorte de carnet de greffier, de 1371 à 1373. Nous donnons, au n° IX de l'Appendice, une analyse de ces documents.

[3] *Mém. de la Soc. de l'hist. de Paris*, année 1881.

[4] On y voit la formule d'*adjournement* « à trois *briefs jours* sur peine de banissement » (livre III, chap. IV, p. 424 de l'édi-

Au xve siècle, une grande quantité d'actes et de formulaires, parmi lesquels nous citerons la *Practica forensis* du jurisconsulte auvergnat Masuer;

Au xvie siècle, les grandes ordonnances de nos rois : de Villers-Cotterets (août 1539), d'Orléans (janvier 1561, nouv. style), de Roussillon (juillet 1564), de Moulins (février 1566), de Blois (mai 1579)[1];

Au xviie siècle, les ordonnances de Louis XIV, de 1667, sur la réforme de la justice, et de 1670 sur la justice criminelle.

Depuis lors, sous tous les régimes, dans les actes publics de l'ancienne monarchie, dans la législation de la période révolutionnaire et dans nos codes modernes, telle a été la règle invariablement suivie : les délais ont été calculés *par jours,* et le *jour civil* a été celui des Romains, partant de minuit et finissant à minuit.

Il n'est donc pas exact que le mode de supputation par nuits « ait eu, comme l'a dit M. Viollet, un caractère officiel jusqu'en 1789[2] ». Notre savant confrère a été assurément trompé par le passage suivant du Glossaire de Laurière.

A propos de l'article 439 de la coutume d'Orléans, où on lit ces mots : *Attendre les nuicts,* il dit : « Les *nuicts* sont les assignations et les délais ordinaires qui doivent avoir lieu dans les ventes, faites par autorité de justice, des biens saisis et exécutés[3]. »

tion de Laboulaye et R. Dareste), et le délai « de *8 jours* après l'appellation », assigné à l'appelant pour suivre les effets de son appel (liv. III, chap. LXXII, p. 578).

[1] On voit dans les coutumes de Metz, revisées en 1569, un délai réglé par nuits pour les ventes à la suite de saisies-exécutions. Mais c'est ici, comme dans la coutume de Dijon, une disposition exceptionnelle, et qui n'infirme nullement la règle et le fait général de la numération par jours, seule usitée alors depuis plus de trois siècles. Voir à l'Appendice le n° VIII.

[2] *Établissements de saint Louis,* t. I, p. 192.

[3] *Gloss. de dr. franç.,* t. II, p. 153.

Ces expressions ont pu, en effet, donner à croire qu'à l'époque où Laurière publiait son glossaire (en 1704), on se servait encore du calcul par nuits. Mais il n'en était rien : le célèbre jurisconsulte avait voulu seulement faire connaître à ses lecteurs le sens du terme cité de la coutume d'Orléans.

Bien avant lui, à la fin du XVI° siècle, F. Pithou avait rappelé que, d'après les formulaires de procédure, on assignait les défendeurs « à comparoir dedans les nuictz [1] ». Au commencement du siècle suivant, J. Bignon notait que la plupart de ses contemporains « disaient *annuict,* comme *hac nocte,* pour aujourd'hui [2] ».

Mais ce n'était là qu'une manière de parler, qui ne répondait plus à aucune réalité, et qui, reproduite sans discernement dans des recueils de praticiens, n'était plus, suivant la juste expression de J. Sirmond et de Lalande, que le dernier vestige d'une ancienne coutume [3], abandonnée depuis longtemps [4] en France [5].

---

[1] Glossar. ad Capitular.; dans Baluze, *Capital. reg. Francor.,* t. II, col. 733.

[2] Notæ ad Append. Marculfi; *ibid.,* col. 955.

[3] «Manetque in vernacula nostra prisci moris vestigium, cum praesentem diem interdum sic enunciamus, ut non *hodie* sed *hac nocte* dicere videamur.» (J. Sirmondi *Opera omnia,* t. III, col. 708.) J. Sirmond est mort en 1651. Lalande, dans son *Traité du Ban et de l'Arrière-Ban,* publié en 1675, s'exprime ainsi sur «l'usage qui, dit-il, estoit parmy nos ancestres de compter par nuictz le jour civil.» «Il en reste, ajoute-t-il, quelque vestige dans le langage du vulgaire, qui dit encore *annuict* ou *ennuict* pour signifier *aujourd'hui.*» (*Loc. cit.,* p. 64.) C'est la traduction de la remarque de Sirmond.

[4] Des poètes comme François Villon au XV° siècle et Clément Marot au XVI°, ont employé le mot *nuit* dans le sens d'*aujourd'hui.* Il se trouve dans beaucoup de patois de nos provinces, avec la même signification et sous des formes variées, telles que : *anneuit, a nuict, anneuict, annuit,* dans la Lorraine, la Normandie, le Maine, le Berri et en général dans le centre-nord; *anè, onè,* dans le Limousin, les provinces du centre-sud et du midi; pour *nuit,* on y dit *nè,* et *anè* ou *onè,* qui répondent exactement au groupe *à nuit,* sont conséquemment identiques à l'expression parisienne rapportée par J. Bignon.

[5] Je dis « en France », parce qu'en de-

Il ne nous reste plus qu'à résumer rapidement les faits exposés au cours du présent mémoire, et à montrer comment les changements successifs du *jour civil* et du mode de computation des délais légaux se rattachent à de grands événements ou à des transformations politiques survenues dans notre pays.

CHAPITRE IX.

RÉSUMÉ. — COMMENT LES VICISSITUDES DU « JOUR CIVIL » EN GAULE SE RATTACHENT AUX PRINCIPAUX ÉVÉNEMENTS DE NOTRE HISTOIRE.

§ Ier.

RÉSUMÉ.

Dans les temps antérieurs à la conquête romaine, les Gaulois plaçaient le *jour civil* entre deux couchers de soleil, et comptaient *par nuits*.

Les Romains remplacèrent ce *jour civil* par le leur, qui allait de minuit à minuit, et les délais légaux furent dès lors ainsi calculés. Toutefois, dans la vie ordinaire et dans l'ordre judiciaire, la durée de la révolution quotidienne de la terre fut divisée en douze heures de jour et douze heures de nuit venant après le jour.

Après la chute de l'empire d'Occident et l'établissement des Francs, ceux-ci restaurèrent la numération par nuits, qui était usitée chez les anciens Germains comme chez les Gaulois. Mais, en vertu du principe de la personnalité des lois et des privilèges de l'Église, les autres parties de la population conservèrent le mode romain.

hors de notre territoire, il y a, au moins dans le langage, en certaines provinces du Nord et de l'Est, des traces persistantes du mode de computation des intervalles de temps par le nombre de nuits. Voir, à ce sujet, le n° X de l'Appendice.

Vers le milieu du xe siècle, le principe de la personnalité des lois disparut, et avec lui la diversité des délais légaux; et durant les xie et xiie siècles, la numération par nuits paraît avoir été officiellement appliquée à tous les laïques, le clergé seul continuant de compter par jours. En fait et malgré la règle officielle, les laïques comptaient assez souvent de cette façon, même dans certains actes publics.

A l'entrée du xiiie siècle, apparaît une forme nouvelle : les délais ne sont plus fixés légalement par nuits, mais par *jours et nuits*. En même temps, l'emploi de la computation *par jours* seulement devient de plus en plus fréquent. C'est un état transitoire entre la computation par nuits qui va disparaître et le calcul par jours qui va régner seul.

Dès le deuxième quart du xive siècle, c'est d'après ce dernier système que les délais sont réglés dans les ordonnances des rois, dans tous les actes publics de l'ancienne monarchie et dans nos codes modernes. Notre *jour civil* va, comme chez les anciens Romains, de minuit à minuit, et nous avons, comme eux, pour la vie judiciaire et les affaires courantes, le *jour proprement dit*, qui se place entre le lever et le coucher du soleil, et en dehors duquel nombre d'actes judiciaires ne peuvent être valablement accomplis.

§ 2.

COMMENT LES VICISSITUDES DU « JOUR CIVIL »
SE RATTACHENT AUX PRINCIPAUX ÉVÉNEMENTS DE NOTRE HISTOIRE.

Si nous considérons, dans leur ensemble, les faits qui viennent d'être résumés, nous remarquons qu'ils se rattachent à de graves événements militaires ou à des évolutions sociales et politiques.

C'est la conquête romaine qui a substitué au *jour civil* des

Gaulois autonomes et à leur numération par nuits le calcul par jours allant de minuit à minuit.

C'est l'établissement des Francs, qui, au vi^e siècle, a amené la restauration de la computation par nuits.

C'est l'affranchissement des classes inférieures de la population, la formation et l'influence sans cesse grandissante de la bourgeoisie, qui ont opéré le retour progressif et le triomphe définitif du régime romain.

A mesure qu'on s'éloignait de l'époque des invasions, l'élément indigène, courbé d'abord sous la pression des conquérants, se redressa. Les légistes, qui étaient les plus instruits et les mieux préparés pour la lutte, trouvèrent dans la législation de la Rome impériale un point d'appui solide et leurs meilleures armes de combat contre la féodalité.

Au xie siècle, dans ce siècle d'obscure gestation de la société moderne, en même temps que les communes jurées se constituaient et que les vieilles cités municipales du midi et du centre-sud se réorganisaient, les rédacteurs des actes publics usaient, en dépit de la règle officielle, du procédé de numération par jours.

Ce mouvemnet dans le sens du retour à la loi et aux pratiques romaines s'accentua au xiiie siècle, où déjà l'on comptait officiellement par *jours et nuits*.

Enfin, au xive siècle, le calcul des délais ne se fit plus que *par jours,* et le système germanique du calcul par nuits fut abandonné entièrement et pour toujours.

On voit que du même pas ont marché, dans notre histoire, l'émancipation des classes populaires et la réaction contre la législation des Francs.

APPENDICE.

I

ANALYSE DES TITRES DE LA LOI SALIQUE OÙ LES DÉLAIS SONT FIXÉS
PAR LE NOMBRE DE *NUITS*.

En donnant, au cours de notre mémoire (chap. IV, § 3, 1, p. 338),
l'analyse du titre XXXVII de la loi Salique, où le delai légal est déterminé
par un certain nombre de *nuits,* nous avons réservé pour l'Appendice l'analyse des cinq autres titres; la voici :

Aux termes du titre XL, si le maître d'un esclave convaincu d'un crime
diffère de lui faire subir les supplices encourus, le poursuivant doit, pour
l'y contraindre, l'assigner à comparaître au plaid *dans sept nuits,* « ad septem
noctes placitum facere debet ». En cas de non-exécution, un deuxième plaid
est fixé à *sept nuits,* soit à *quatorze nuits* à partir de la première assignation,
« id est XIV noctes de prima admonitione ».

Passé ce délai, le maître est personnellement responsable.

En cas d'absence de l'esclave, le maître est sommé par trois fois de le
représenter dans les *sept nuits;* en tout dans un délai de *vingt et une nuits,* « ut
totus numerus XXI noctis veniant ». Après ce délai, il est encore personnellement responsable [1].

Le titre XLV dispose que si un étranger vient s'établir dans une villa
malgré l'opposition d'un de ses habitants, celui-ci doit le sommer par trois
fois de sortir de la villa dans le délai de *dix nuits,* « in X noctes », en l'assi-
gnant, à la troisième fois, au plaid dans ce même délai, de manière qu'un
total de trente nuits soit écoulé, « ut sic XXX noctes impleantur [2] ».

Titre XLVII. Si quelqu'un reconnaît son esclave, son cheval ou son
bœuf dans les mains d'autrui, il doit le faire séquestrer dans de tierces

---

[1] Behrend, *L. Sal.,* p. 50-51. — [2] *Ibid.,* p. 59.

mains, « intertiare », et assigner le détenteur à comparaître au plaid dans les *quarante nuits*, « in noctis XL », ou dans les *quatre-vingts nuits*, « in LXXX noctis », suivant que celui-ci réside en deçà ou au delà de la Loire ou de la forêt Charbonnière (Ardennes)[1].

Titre L. En cas de dette contractée, le créancier qui veut exiger le paye-ment, dans les *quarante nuits*, « in XL noctes », ou à l'échéance fixée au moment de l'engagement, se rendra à la demeure du débiteur, accompagné de témoins et d'experts; et, en cas de refus répété, celui-ci doit être assigné au plaid suivant une formule spéciale[2].

Titre LVI. En cas de défaut de comparution au *mallum* ou de retard dans l'exécution du jugement des rachinbourgs, le défaillant est appelé à venir au tribunal du roi dans un délai de *quarante nuits*, « in noctes XL. »[3]; on voit, dans le même titre, un délai qui doit courir d'un *jour déterminé*, « de illa die »[4].

Nous avons expliqué, dans notre mémoire (chap. IV, § 4, III, p. 345); le sens dans lequel est ici employé le mot *dies*.

II

ANALYSE DES TITRES DE LA *LOI RIPUAIRE* OÙ LES DÉLAIS SONT RÉGLÉS PAR *NUITS*.

Nous avons analysé dans notre mémoire (chap. IV, § 3, I, p. 339), le titre XXX de la loi des Ripuaires où les délais sont réglés *par nuits*, et le titre LXVI, où est mentionné le délai légal « legitimo termino noctium », et ensuite le jour du plaid, « dies placitus »; et nous avons renvoyé le lecteur à l'Appendice, pour l'analyse de cinq autres titres, que nous donnons ici.

Le titre XXXIII, § 1, qui correspond au titre XLVII de la loi Salique, en diffère en ce que le délai de comparution au plaid ou au tribunal du roi est ici de *quatorze*, *quarante ou quatre-vingts nuits*, suivant que l'assigné habite dans le duché, hors du duché ou hors du royaume[5].

---

[1] *Loc. cit.*, p. 62-63.
[2] *Ibid.*, p. 65.
[3] *Ibid.*, p. 74.
[4] *Ibid.*, p. 73.

[5] Pertz, *Mon. Germ. hist.*, t. V, p. 226. Les paragraphes 2 et 4 du même titre fixent des délais de *quatorze*, *quarante et quatre-vingts nuits*. (*Ibid.*, p. 227.)

Titre LVIII, *De tabulariis.* — On y voit l'indication : 1° d'un délai de sept nuits, dans lequel l'archidiacre doit venir affirmer au plaid l'acte d'affranchissement devant l'Église, qui est en discussion [1]; 2° d'un délai de sept ou de quatorze nuits, suivant la condition et la nationalité, soit du détenteur d'un esclave revendiqué comme ayant été affranchi par un tiers [2], soit de la personne envers laquelle ou par laquelle a été contractée l'obligation dont l'accomplissement est poursuivi en justice [3].

Titre LIX, *De venditoribus.* — Quand un acte de vente est argué de faux, le poursuivant et le rédacteur officiel de l'acte (*cancellarius*) doivent venir pour combattre en la présence du roi, dans les quatorze ou les quarante nuits [4].

Titre LXVII, *De eo qui filium non relinquit.* — Des délais de quarante ou de quatorze nuits et de sept nuits sont assignés au débiteur pour venir au plaid, suivant certains cas prévus, notamment en cas d'appel à la guerre ou après la déposition des armes [5].

Titre LXXII, *De homine intertiato vel pecore mortuo.* — En cas de mise sous séquestre (d'un objet ou animal revendiqué), et de mort du poursuivant, si le défendeur est en fuite et inculpé de meurtre, il a, pour comparaître au plaid, quatorze, quarante ou quatre-vingts nuits, suivant qu'il est dans le duché, « infra ducatum », ou hors du duché, ou hors du royaume, « extra regnum » [6].

III

ANALYSE ET EXTRAITS DE FORMULES CAROLINGIENNES, OÙ LES DÉLAIS SONT RÉGLÉS PAR *NUITS.*

1° *Formules de Sens* [7].

Le n° 17 des *Cartæ Senonicæ*, relatif à un homicide dans le cas de

---

[1] § 5, *loc. cit.*, p. 244.

[2] § 8, *ibid.*, p. 245.

[3] § 21, *ibid.*, p. 247.

[4] « Tunc, ambo constringantur ut, super 14 noctes seu super 40 noctes, ante regem repraesentare studeant pugnaturi. » (§ 4, *loc. cit.*, p. 249.)

[5] §§ 2 et 3, *ibid.*, p. 256-257.

[6] § 2, *ibid.*, p. 260.

[7] Il faut, suivant Zeumer, distinguer,

8.

légitime défense, porte que, dans les quarante-deux nuits, « infra noctis 42 , sicut lex et nostra consuetudo est », le meurtrier est venu au plaid avec ses cojureurs affirmer les faits [1].

Nous retrouvons des expressions analogues dans les n° 18 [2] et 26 [3], où il est question d'ajournement au plaid royal, « dans tant de nuits », *super noctes tantas.*

2° Formules dites « de Bignon » [4].

Dans le n° 13 de ce recueil, relatif à une question de délimitation de propriété, le défendeur doit venir au plaid, « dans quarante-deux nuits », *in noctis 42* [5].

3° Formules dites « de Merkel » [6].

Dans l'une d'elles, on voit, à propos de revendication d'immeuble, que le défendeur doit comparaître au plaid, dans un nombre de nuits fixé par les juges, « in noctis institutis » [7].

D'après deux autres, à l'occasion d'une revendication d'esclave, le défendeur est tenu de comparaître, « infra noctes 40 et duas » [8], ou « in noctis institutis » [9].

4° Formules dites « de Lindenbrog » [10].

Une de ces formules rappelle le délai de quarante nuits, dans lequel la femme libre enlevée par un esclave devait former sa réclamation [11]. Dans une

---

quant à leur date, trois groupes de ces formules : 1° les *Cartæ Senonicæ*, rédigées entre 768 et 775; 2° l'*Appendix*, qui est plus ancien et appartient à l'époque mérovingienne; 3° les *Formulæ Senon. recentiores*, qui sont postérieures à 817. Avant Rozière et Zeumer, on les avait publiées sous le titre d'*Appendix ad Marculfum.*

[1] Roz., 492; Zeum., p. 192.

[2] Roz., 436; Zeum., p. 193.

[3] Roz., 443; Zeum., p. 196.

[4] Ce recueil de formules se place, d'après Zeumer, entre les années 769 et 775.

[5] Roz., 502; Zeum., p. 232-233. Ro-

zière a donné à cette formule le n° 12.

[6] Les formules que nous citons (27, 28 et 30) appartiennent à la partie du recueil qui a été rédigée au commencement de la période carolingienne.

[7] Zeum., p. 251, form. 27; Roz., Supplém.

[8] Roz., 481; Zeum., p.252, form. 28.

[9] Rozière, 499; Zeumer, p. 252-253, form 30.

[10] Antérieures à 800.

[11] « . . . . infra noctes 40 secundum legem Salicam visa es reclamasse. » (Roz., 108; Zeum., p. 281, où la formule porte le n° 20.)

autre, l'individu revendiqué comme esclave doit se présenter au plaid avec ses cojureurs, dans le délai de quarante nuits, « supra noctes 40 »[1].

5° *Fragments de formules extraites du manuscrit dit de « Saint-Emmeramus »*[2].

Les n°[s] 3 et 24 de ces fragments sont des formules de notices de plaids[3].

Dans le premier, où l'avoué d'un monastère réclame des *mancipia*, il est jugé que le défendeur devra produire, dans tant de nuits, « super noctes tantas », la charte par laquelle il a acquis ces *mancipia*. Le n° 24 contient une énonciation semblable.

6° *Formules dites « de Saint-Gall »*[4].

N° 34 de la deuxième partie. C'est une lettre par laquelle l'évêque de Constance prévient son *vicedominus* qu'un autre évêque, en partance pour Rome, a obtenu un délai pour faire une halte ou stationner à Pollingen, le 3 des ides de mai, c'est-à-dire le deuxième jour de la semaine suivante, « hoc est secunda die sequentis ebdomadae », et il lui ordonne de faire tout préparer pour le recevoir[5].

N° 35. C'est la lettre par laquelle le *vicedominus* annonce au *procurator* de Pollingen, que ledit évêque doit arriver dans le délai de douze nuits, « super 12 noctes »[6].

IV

DE LA PERSISTANCE DU PRINCIPE DE LA PERSONNALITÉ DES LOIS SOUS LES PRINCES DE LA DEUXIÈME RACE, JUSQU'AU MILIEU DU X° SIÈCLE.

Au début de l'étude de ce sujet, nous trouvons un acte qui consacre à nouveau le principe de la personnalité des lois : c'est le capitulaire d'Aquitaine, du roi Pépin le Bref, du mois de juillet 768, dont l'article 10 est

---

[1] « Ut supra noctes 40, cum 12 Francis, ...jurare debuissent... Ipsas vero noctes expletas, venientes uterque, etc. » (Roz., n° 483; Zeum., p. 282, où cette formule porte le n° 21.)

[2] Ces fragments se placent entre 817 et 842.

[3] Zeum., p. 464 et 467.

[4] Ce recueil se divise en deux parties; la deuxième partie, à laquelle appartiennent les n°[s] 34 et 35 que nous citons, a été composée dans le troisième tiers du IX° siècle.

[5] Roz., 707; Zeum., p. 418.

[6] Roz., 708; Zeum., p. 418. Zeumer fait observer, dans une note sur le n° 34, que le deuxième jour de la semaine suivante ne concorde pas avec l'intervalle de douze nuits écrit au n° 35.

ainsi conçu : « Que tous les hommes, tant Romains que Saliens, aient leur loi, et s'il vient quelqu'un d'un autre pays, qu'il vive suivant la loi de sa patrie. » « Ut omnes homines eorum legis habeant, tam Romani quam et Salici; et si de alia provincia advenerit, secundum legem ipsius patriæ vivat[1] ».

En 789, Charlemagne adressa aux deux *missi dominici* qu'il envoyait en Aquitaine un résumé des dispositions du capitulaire précité du roi son père, qu'ils étaient chargés d'exécuter[2]. Eh bien! ce résumé ne contient pas l'article 10 reproduit plus haut. A la vérité, ce document est mutilé[3], mais il est à remarquer que dans le feuillet conservé se trouve un article (14), qui correspond à l'article 11 du capitulaire de Pépin; et puisque celui qui devrait correspondre à l'article 10 est absent, il est permis de présumer que c'est là peut-être une omission volontaire.

Le capitulaire d'Aix-la-Chapelle (801-813) rappelle encore la loi Salique, la loi Romaine et la loi Gombette des Burgundions, d'après lesquelles le souverain déclare que ses prescriptions ont été rédigées[4].

La loi des Visigoths est visée dans trois notices de plaids tenus en 832, à Elne[5], en 836 à Narbonne[6], en 874 au *castrum Minerva*[7].

La personnalité des lois est expressément affirmée dans le passage suivant de la notice du plaid tenu à Nîmes en 898, où les deux parties contendantes, interrogées sur le point de savoir sous quelle loi elles vivent, « qua lege vivebant », se déclarent l'une visigothe et l'autre salienne, et où l'on voit le délégué du vicomte Bernard assisté de juges saliens et visigoths, « judices tam Salicos quam Gotos »[8].

Nous trouvons le même fait significatif dans le premier tiers du Xe siècle.

[1] Boretius, *Capitular. reg. Francor.*, t. I, p. 43.

[2] Breviarium missorum Aquitanicum. (*Ibid.*, p. 65.)

[3] *Ibid.*, p. 66, note *i*.

[4] « Karolus, serenissimus imperator... cum episcopis, abbatibus, comitibus, ducibus, omnibusque fidelibus Christianæ Ecclesiæ, cum consensu consilioque, constituit ex lege Salica, Romana atque Gombata (alias *Gundobada*)... » (*Ibid.*, p. 170.)

[5] « ..... dederunt ad ipsa cella ter-

minia et fecerunt fixorias, et fecerunt caractera, sicut lex Gotorum continet. » (*Hist. de Languedoc*, édit. Mabille, t. II, 1875, Preuves, col. 178.)

[6] « ... tunc decrevimus judicium per lege Gotorum. » (*Ibid.*, col. 198.)

[7] « ... sicut lex Gotorum continet. » (*Ibid.*, col. 374-375.)

[8] Ménard, *Hist. de Nîmes*, tome I, Preuves, chartes, n° III, p. 16-17. Nous donnons plus loin, *in extenso*, le passage de cet important document.

·Ainsi, dans un plaid tenu, en 918, à Alzonne, diocèse de Carcassonne, on voit siéger, auprès du délégué du comte de Toulouse, des juges, scabins et rachinbourgs, goths, romains et saliens, « ... judices, scaphinos et regimburgos, tam Gotos quam Romanos seu etiam Salicos »[1].

Mêmes expressions dans la notice d'un plaid tenu à Narbonne, en 933[2].

Là s'arrête la série des documents contenant les témoignages de la persistance du régime de la *personnalité des lois*. Les notices des plaids tenus dans la région où nous venons d'en constater l'application ne nous offrent plus la mention de juges de nationalités diverses[3].

Il n'est pas impossible qu'on en trouve encore quelque exemple à une date plus récente. Mais, dans l'état actuel, il y a lieu de présumer qu'à partir du deuxième tiers, ou tout au moins de la deuxième moitié du xe siècle, le principe dont il s'agit cessa, en fait, d'être en vigueur, et avec lui, la diversité dans la détermination des délais légaux d'après l'origine des parties ou personnes intéressées.

V

ANALYSE DES ARTICLES DE COUTUMES ET CHARTES DE COMMUNES DES XIe ET XIIe SIÈCLES,
OÙ LES DÉLAIS SONT RÉGLÉS PAR *JOURS*.

Dans les coutumes de Bigorre, rédigées en 1097, deux délais sont fixés : l'un par l'article 5, pour le chevalier que le comte aura amené avec lui contrairement à la justice et à la loi locale, et qui, *quarante jours* après certaines formalités accomplies, pourra quitter celui-ci[4]; l'autre, qui est édicté par

---

[1] Je relève dans cette notice la désignation de huit juges romains, de quatre goths et de huit saliens, lesquels sont qualifiés *judices Romanorum, judices Gotorum* et *judices Salicorum*. (*Hist. de Languedoc*, édit. Mabille, t. V, col. 137.)

. [2] *Ibid.*, col. 160.

[3] Voir la notice d'un plaid tenu à Elne, en l'an 1000, où l'on voit l'évêque de ce diocèse, assisté de clercs, de nobles laïques et d'un *judex* unique (*Hist. de Languedoc*, édit. Mabille, t. V, col. 337). Voir aussi des notices de plaids tenus en 1010, 1013,

1018 et 1035 (*loc. cit.*, col. 356, 359, 366 et 416), où ne figurent point des juges de nationalités diverses. On constate déjà le même fait dans des notices de plaids tenus à Anduze, en 914, 920 et 927 (Ménard, *Hist. de Nîmes*, t. I, p. 17-19).

[3] « ... xl dies postea prestoletur, ut legali inquisitione et expectatione peracta, legaliter, si voluerit discedere, discedat.» (Dans Giraud, *Essai sur l'hist. du droit français au moyen âge*, t. I, Pièces justificatives, p. 20.)

l'article 14 pour le simple homme libre, qui, ayant eu à subir des injustices de son seigneur, réclame auprès du comte, et pendant *vingt jours* après qu'il aura fait sa preuve, peut, sous la protection du comte, choisir un autre seigneur [1].

La coutume de Senlis (1173) dispose que l'étranger qui aura porté dans cette ville du pain et du vin aura, s'il s'élève une contestation entre son seigneur et les jurats de Senlis, un délai de *quinze jours* pour y vendre ces denrées [2].

Aux termes de l'article 1er de la loi de Beaumont (1182), le bourgeois qui aura pris maison en ville ou un jardin hors des murs sera tenu de payer 12 deniers, savoir : 6 à la Noël et 6 à la Nativité de saint Jean-Baptiste; et celui qui, dans les *trois jours* après ce terme, n'aura pas satisfait à la loi, sera passible d'une amende de 2 sous [3].

L'article 48 des lois municipales d'Arles (1162-1202) ordonne de fermer, *dans les huit jours* qui suivront la proclamation, « infra *octo dies* post preconisationem », les cloaques que les particuliers ont sur le Rhône [4]. L'article 159, relatif à la construction d'un pont en pierre pour le service d'une fabrique de cervoise, *braceria*, prescrit aux consuls d'Arles qui seront prochainement élus, de choisir, *dans les quinze jours* qui suivront leur élection, trois hommes propres et idoines, qui aient des possessions dans le voisinage immédiat de ladite fabrique, pour surveiller l'exécution du travail et faire des réquisitions ou percevoir une taille à cet effet [5].

---

[1] « ... coram quo (comite) injustitiam quam passus est probet; et sic xx diebus, protectus a comite, poterit quem voluerit dominum eligere. » (*Ubi supra*, p. 22.)

[2] « Qnindecim dies habebit vendendi panem et vinum in ipsa villa. » (Flammarion, *Hist. des institut. municip. de Senlis*, p. 160.)

[3] « ... et qui, *infra tertium diem* post terminum assignatum, eosdem sex denarios non persolverit, per duos solidos forofac-tum emendabit. » (Bonvalot, *Le Tiers État d'après la loi de Beaumont et ses filiales*, p. 99.)

[4] Giraud, *Essai sur l'hist. du droit français*, t. II, p. 205.

[5] Giraud, *Essai*, etc., t. II, p. 237. Le mot *braceria* n'est point dans la dernière édition du Glossaire de Du Cange, qui ne mentionne que les formes *brasserium* et *brasseria*, d'où est venu le nom de *brasserie*, fabrique de bière.

VI

ANALYSE DES ARTICLES DE LA COUTUME DE TOURAINE-ANJOU
OÙ DES DÉLAIS SONT COMPTÉS PAR « JOURS ET NUITS ».

Après avoir analysé l'article 19 de ladite coutume, nous avons annoncé que nous donnerions, à cette place, l'analyse des autres articles cités; la voici :

Art. 40. Le seigneur qui met en demeure son homme de lui montrer son fief, doit lui donner, pour cela, un délai de *quinze jours et quinze nuits;* et si, après la montre du fief, le seigneur interpelle son homme sur le point de savoir s'il a plus à tenir de lui, et que celui-ci demande à s'enquérir, le seigneur lui doit accorder, pour cela, *quarante jours et quarante nuits* [1].

Art. 54, §§ 1 et 3. La durée du service militaire dû au roi est de *quarante jours et quarante nuits* [2].

Art. 61. Les délais successifs pour venir faire hommage au seigneur sur sa mise en demeure, sont de *sept jours et sept nuits*, de *quinze jours et quinze nuits*, de *quarante jours et quarante nuits* [3].

Art. 62. Le délai d'ajournement ou assignation pour reconnaissance d'une obligation pécuniaire, est de *sept jours et sept nuits* [4].

Art. 82. Si quelqu'un, après avoir été malade alité pendant *huit jours et huit nuits,* vient à mourir n'ayant pas voulu se confesser, ses meubles seront dévolus au baron [5].

Art. 95. Dans le cas où un plaignant vieux, débile ou malade, ne vient pas, au jour fixé, soutenir sa plainte, le défendeur doit attendre *sept jours et sept nuits*, après lesquels il est autorisé à faire certaines réquisitions [6].

L'article 157 édicte les amendes encourues par l'acheteur qui, après avoir laissé passer *sept jours et sept nuits* sans rendre l'objet acheté et sans avoir obtenu un délai en justice, ne remplit pas ses obligations envers le vendeur [7].

---

[1] Viollet, *Établissements de saint Louis,* t. III, p. 22.

[2] *Ibid.,* p. 31 et 32.

[3] *Ibid.,* p. 39 et 40.

[4] *Loc. cit.,* p. 41.

[5] *Ibid.,* p. 51.

[6] *Ibid.,* p. 61.

[7] *Ibid.,* p. 100.

VII

Les statuts de la Cour d'Aix en Provence, édictés par le comte Raymond Bérenger[1], contiennent l'énonciation de plusieurs délais comptés par jours, savoir : un délai de *trente jours*, accordé au condamné pour donner satisfaction à son adversaire[2]; un délai de *trente jours* pour interjeter appel, délai que le juge peut réduire[3].

Aux termes de l'article 36 de la coutume du pays de Furnes (1240), si un individu est détenu par la justice pour une cause quelconque, et qu'il ne se présente personne *dans les trois jours* pour l'accuser, il sera relâché *le quatrième jour,* ou bien la justice payera les dépenses du détenu jusqu'au plus prochain jour de plaid[4].

Un délai de *quarante jours* est également réglé dans la commune de Charroux en Poitou (1247)[5].

A l'article 10 des coutumes d'Albi, convenues, en 1268, entre l'évêque et les consuls de la ville, on lit que, lorsqu'il est ordonné aux habitants de balayer les rues, celui qui n'aura pas obéi *dans les trois jours*, « dins tres dias », sera contraint de payer 12 deniers raymondois aux prud'hommes d'Albi[6].

D'après les statuts du roi Charles de Provence (1288-1292), les juges doivent, *dans les quarante jours*, « infra XL dies », notifier à la Chambre du Trésorier les noms des condamnés et le montant des condamnations[7].

L'ouvrage orléanais appelé le *Livre de jostice et plet,* qui est très vraisemblablement antérieur à la composition des *Établissements de saint Louis*, c'est-à-dire à l'an 1272[8], fixe les délais par le nombre de jours seulement et non par le nombre de jours et de nuits.

[1] Entre l'année 1235 et l'année 1245, qui fut celle de la mort de ce personnage.

[2] « Infra dies xxx, teneatur victori satisfacere. » (Giraud, *Essai,* etc., t. II, p. 18.)

[3] *Ibid.,* p. 20 et 22.

[4] « Ex quacumque causa aliquis per justitiam detentus fuerit, nisi aliquis veniat et eum *infra tertium diem* accusaverit, detentus *quarta die* abibit, vel justitia solvet expensas detenti usque ad primum diem placiti. » (Giraud, *loc. cit.,* t. I, Pièces justificatives, p. 108.)

[5] Article 4 de la deuxième charte des coutumes de la commune de Charroux. (Giraud, *ubi supra*, t. II, p. 401.)

[6] *Ibid.,* t. I, p. 96.

[7] *Ibid.,* t. II, p. 42.

[8] On croyait généralement que cet

Il en est de même dans l'*Abrégé champenois*, de date incertaine mais assurément postérieure à 1278[1]. Et ici le changement est manifestement intentionnel, puisqu'il porte sur des cas et dispositions correspondant à ceux des coutumes angevines[2].

Nous lisons dans les statuts municipaux de la ville de Salon (Bouches-du-Rhône), rédigés en 1293, que celui qui vient habiter le « castrum Salonis« , doit, *dans les huit jours* de son arrivée, « infra octo dies« , jurer fidélité et faire hommage à l'archevêque d'Arles[3].

Enfin les statuts édictés, en 1306, pour la Provence, par Robert, fils du roi Charles et vicaire général du royaume, fixent par le nombre de jours les délais d'appel et d'assignation pour procéder devant le juge du deuxième degré[4].

VIII

SUR UN ARTICLE DE LA COUTUME DE DIJON (FIN DU XIII° SIÈCLE) ET UN ARTICLE DES COUTUMES DE METZ, REVISÉES AU XVI° SIÈCLE, CONTENANT UN DÉLAI FIXÉ PAR NUITS.

———

1° *Coutume de Dijon.*

Dans la coutume de Dijon, écrite en vieux français, qui n'est précédée ni suivie d'aucune formule qui en fixe la date, mais dont le contexte dénote la fin du XIII° siècle ou le commencement du XIV°[5], on lit un article (article 4)

ouvrage était postérieur à la composition des *Établissements de saint Louis*, rédigés très probablement en 1272. Mais notre savant confrère M. Viollet a établi, sinon avec certitude, du moins avec de fortes présomptions, qu'il est au contraire d'une date antérieure (*Établissements de saint Louis*, t. I, p. 68 et suiv.).

[1] Viollet, *loc. cit.*, p. 327.

[2] Id., *ibid.*, t. III, p. 188. Cf. p. 173 et 176.

[3] Giraud, *Essai*, etc., t. II, Pièces justificatives, p. 248. L'ordonnance attribuée à Jean II, duc de Bretagne (1286-1305) contient aussi (article 48) la mention de délais comptés par jours. Mais, d'après M. Viollet, cet acte n'est peut-être que du XV° siècle (*Établissements*, etc., t. III, p. 210).

[4] Dans Giraud, *Essai, loc. cit.*, p. 53. Des statuts antérieurs (1304) pour la réformation de la Provence obligeaient les titulaires d'offices à rester dans leur résidence *dix ou vingt jours* après la cessation de leurs fonctions, suivant qu'ils les avaient exercées un an ou deux ans (Giraud, *ubi supra*).

[5] On y trouve, en effet, des mots latins, tels que *reus* (pour *défendeur*), ou des dérivés directement du latin, tels que *actour* (de *actor*) pour *demandeur*, comme on disait couramment au XIV° siècle; *aulcuns*,

qui contient à la fois une disposition réglant un délai *par jours*, et une autre disposition où le délai est calculé *par nuits* pour le fait spécial de la vente de meubles à la suite de saisie-exécution. Voici le texte de cet article :

« Il est costume à Dijon que de ce qui est cognehuz pardevant le Maiour, ou pardevant son Lieutenant, cil qui hauray faite la coignoissance, soit de dol, ou de autre chose, se cil qui hay faite la coignoissance demande qu'il hait *huit jours de dilations*, il les hauray, et lesdiz *huit jours passés*, cil qui haye promis à faire satisfacion de ce qu'il hay coignehu, belerai gaiges. Lesquex gaiges, quand il seront bailliez, cils cui il seront bailliez, les vendray ou porray vendre le plus pruchien marchief *après les sept nuiz*, apres ce qu'il hauront estez bailliez, se n'est de chose coignehue en lettres dou Duc ou dou Maiour : quar se ce est de chose coignehue en lettres, il n'auray nulles *sept nuiz*, mas seray controinz por maintenant [1]. »

Les deux passages soulignés, où est énoncé un délai de *sept nuits*, sont en désaccord avec le mode usité pendant le XIIIᵉ siècle à Dijon, où, comme nous l'avons montré, on calculait *par jours*, et dont le même article nous offre une application. Ils diffèrent également du système employé, à la même époque, dans d'autres parties du royaume, et suivant lequel on comptait *par jours et nuits*.

C'est donc là une disposition tout à fait exceptionnelle et dont il est difficile d'expliquer les motifs. Mais, quels que soient ces motifs, elle ne saurait, à aucun degré, infirmer la règle générale et les faits constatés dans notre mémoire.

2° *Coutumes de Metz.*

Cette disposition exceptionnelle de la coutume de Dijon du XIIIᵉ siècle se trouve reproduite dans la coutume de Metz, dont la revision officielle, qui eut lieu en 1569, contenait, au titre XV, art. 3, les termes suivants : « meubles pris par exécution ne peuvent être vendus avant *les sept nuits* expirées à compter du jour de la saisie... [2] ».

---

dou Duc, etc., formes régulières, qui, respectées au XIIIᵉ siècle, furent le plus souvent abandonnées au siècle suivant. De plus, Pérard, qui a publié cette coutume dans son *Recueil de plusieurs pièces curieuses pour l'histoire de Bourgogne*, p. 356, l'a mise entre deux chartes datées de 1231, ce qui indique bien qu'il la considérait comme appartenant au XIIIᵉ siècle.

[1] Pérard, *loc. cit.*, p. 356.

[2] *Nouv. Coutumier général*, par Brodot de Richebourg, t. II, p. 409, col. 1.

Les observations que nous avons faites ci-dessus, touchant le caractère particulier de cette disposition, s'appliquent exactement ici : elles s'appliquent même à *fortiori*, puisque le document qui la renferme appartient à une époque moderne, et que, depuis deux siècles et demi, les délais étaient partout, en France, invariablement réglés *par jours*; qu'enfin, les coutumes de Metz elles-mêmes les fixaient ainsi pour tous les cas autres que les ventes à la suite de saisie-exécution [1].

IX

ANALYSE DE DOCUMENTS DU XIVe SIÈCLE, OÙ LES DÉLAIS SONT COMPTÉS PAR JOURS.

Les coutumes de Bourgogne, de 1353 et de 1360, règlent à *huit, dix et quinze jours* les délais d'appel, d'ajournement sur appel et de désistement, et à *huit jours* le temps durant lequel le créancier peut retenir les animaux livrés en gage par son débiteur [2].

C'est aussi par le nombre de jours que les coutumes de Châtillon-sur-Seine, de 1371, déterminaient les délais d'appel, de citation sur appel, et les intervalles qui devaient séparer les trois « crys », dans les ventes à la suite de saisie immobilière, ainsi que les « bans de Monseigneur le Duc [3] ».

Le registre civil de la seigneurie de Villeneuve-Saint-Georges, sorte de carnet de greffier, qui comprend les années 1371, 1372 et 1373, mentionne les délais de *huit* ou *quinze jours*, ou tous autres, fixés arbitrairement par le juge, dans lesquels devaient venir à l'audience telles ou telles causes personnelles ou mobilières [4], et le délai de *quarante jours* qui était assigné en matière immobilière [5].

---

[1] Coutumes générales de la ville et cité de Metz, II, 30; III, 3; IV, 3; VI, 7 et 12; IX, 8; X, 2; XI, 4; XIV, 20. (*Op. cit.*, t. II, p. 397-399, 401, 403-405 et 409.) — Rec. des cout. de l'évêché de Metz, XII, 15; *ibid.*, p. 480. Cf. la loi de Beaumont (qui, on le sait, servit de type pour beaucoup de chartes de communes), art. 88, 113 et 114; dans Bonvalot, *Le Tiers État d'après la loi de Beaumont et ses filiales*, append., p. 15 et 17.

[2] Art. 91, 102, 212; dans Giraud, *Essai*, t. II. p. 284, 286 et 305.

[3] Art. 50, 51, 72 et 138; *ibid.*, p. 355, 356, 363 et 377.

[4] Voir, dans Tanon, *L'ordre des procès civils au Châtelet de Paris*, Pièces justificatives, p. 86 et *passim*.

[5] Cf. à ce sujet Tanon, *op. cit.*, p. 20 et 22, où il reproduit des textes tirés du *Grand Coutumier*, p. 410 et 788.

X

Thönissen, dans son livre sur la loi Salique, a fait l'observation que, durant plusieurs siècles, l'usage de compter le temps par nuits a laissé des traces dans les coutumes des contrées où cette loi a pris naissance. Il cite la coutume de Malines, homologuée par Charles Quint en 1535, où les délais judiciaires étaient encore désignés par nuits[1].

Dans une intéressante notice sur le *Calcul de certains délais en langue flamande*, M. Du Bois, avocat à Gand, a cité le passage suivant d'une coutume de cette ville, homologuée en 1563 : « *Van den vierden ghenachte* », « à partir de la dernière nuit ou nuitée[2] ».

En Italie, à la fin du siècle dernier, dans le langage ordinaire, on comptait par le nombre de jours, *dies*, mais, dans le fait, d'après Canciani, on calculait par *nuits* les vingt-quatre heures de la révolution quotidienne de la terre, en commençant une demi-heure environ après le coucher du soleil[3].

En Angleterre, la même manière de parler était restée en usage, dans les dernières années du xviiie siècle. On disait : *to day sen' night — to day fort' night*[4].

De nos jours, les Anglais se servent encore d'expressions semblables pour désigner un nombre de jours. Et cela est d'autant plus remarquable que leurs plus anciennes lois fixent les délais par jours[5].

---

[1] *L'organisation judiciaire, le droit pénal et la procédure pénale dans la loi Salique*, 2e édit., 1882, p. 408, note 2.

[2] *Messager des sciences historiques de Belgique*, année 1890.

[3] « In Italia, verbo tenus quidem numeramus per *dies*, de facto autem computamus per *noctes*, Barbarorum morem antiquum retinentes, dum horarum diei initium auspicamur ab incipiente nocte, videlicet media circiter hora post solis occasum, quando sereno cœlo stellæ incipiunt reddi conspicuæ, atque xxiv horarum cursum, usque ad subsequentis noctis initium successivo ordine numeramus. Adeo ut, in calculo nostro, *nox diem ducat, noctem dies subsequatur*, et vespera sit ultima pars diei. Quæ temporis mensurandi ratio a Barbarorum institutis accepta, civilibus usibus satis commoda non est. » (Canciani, *Barbaror. leg. antiq.*, t. II, p. 331, note 4. Ce volume a été imprimé en 1783.)

[4] Canciani, *ubi supra*.

[5] Voir les lois d'Ina, de Hlotaire et Eadric, et d'Alfred, dans Canciani, t. IV, p. 231, 236, 241, 244, 245, 248 et 253.

TABLE ANALYTIQUE DES MATIÈRES.

CHAPITRE V.

CHAPITRE VI.

CHAPITRE VII.

10

www.ingramcontent.com/pod-product-compliance
Lightning Source LLC
Chambersburg PA
CBHW070812260626
47161CB00006B/2253